Titre original:
The Boy in the Striped Pyjamas

Publié initialement en Grande-Bretagne par David Fickling Books,
un département de Random House Children's Books.

Couverture : Ali Campbell /
Photographie : Panstwowe Musëum Oswiecim Brezinska, Auschwitz.

LE GARÇON
EN PYJAMA RAYÉ

Une fable de

JOHN BOYNE

Traduit de l'anglais
par Catherine Gibert

GALLIMARD

Remerciements

Tous mes remerciements à David Fickling,
Bella Pearson et Linda Sargent pour leurs conseils
et commentaires perspicaces, et pour ne m'avoir
jamais laissé m'écarter de mon histoire.
Merci, comme toujours, à mon agent Simon Trewin
pour m'avoir soutenu dès le départ.
Mes remerciements également à ma vieille amie
Janette Jenkins pour ses encouragements
après avoir lu ma première ébauche.

À Jamie Lynch

CHAPITRE 1

BRUNO FAIT UNE DÉCOUVERTE

Quelle ne fut pas la surprise de Bruno, un après-midi, en rentrant de l'école, de trouver Maria, la bonne de la maison (la tête baissée et les yeux rivés au sol comme toujours), dans sa chambre, en train de sortir toutes ses affaires de l'armoire et de les ranger dans quatre grandes caisses en bois. Toutes ses affaires y compris celles qu'il avait cachées dans le fond et qui ne regardaient que lui.

– Qu'est-ce que vous faites ? demanda-t-il le plus poliment du monde, car, bien qu'il fût contrarié de découvrir quelqu'un qui fouillait dans ses affaires, il savait pour se l'être fait maintes fois répéter par sa mère qu'il devait toujours traiter Maria avec respect et non imiter la façon dont Père lui disait : « Ôtez vos mains de mes affaires. »

Maria secoua la tête et lui montra du doigt l'escalier qui se trouvait derrière lui et en haut duquel la mère de Bruno venait d'apparaître. C'était une grande femme avec de longs cheveux roux retenus sur la nuque par une sorte de filet. Elle se tordait nerveusement les mains comme si elle se refusait à devoir dire ou croire quelque chose.

– Mère, dit Bruno en avançant vers elle, que se passe-t-il ? Pourquoi Maria fouille-t-elle dans mes affaires ?

– Elle fait tes valises, répondit Mère.

– Elle fait mes valises ? s'inquiéta-t-il, en passant rapidement en revue les événements qui avaient jalonné les jours précédents afin de se rappeler s'il avait été particulièrement vilain ou avait dit des mots interdits pour être envoyé quelque part. (Rien ne lui vint à l'esprit. En fait, il s'était remarquablement bien conduit avec tout le monde ces derniers temps et ne se souvenait pas d'avoir provoqué un quelconque incident.) Pourquoi ? demanda-t-il alors. Qu'est-ce que j'ai fait ?

Mère était entrée dans sa chambre, mais Lars, le majordome, s'y trouvait déjà, qui faisait ses valises. Elle poussa un soupir et lança les mains en l'air en signe d'exaspération, puis fit demi-tour en direction de l'escalier, suivie de Bruno, qui ne comptait pas abandonner le sujet sans une explication.

– Mère, insista-t-il. Que se passe-t-il ? Nous déménageons ?

– Descends avec moi, dit-elle en le précédant jusqu'à la grande salle à manger où le Fourreur avait dîné la semaine d'avant. Nous parlerons en bas.

Bruno dévala l'escalier en passant devant elle, de sorte qu'il l'attendait lorsqu'elle entra dans la salle à manger. Il la regarda sans rien dire et songea qu'elle n'avait pas dû se maquiller correctement ce matin-là car elle avait les yeux plus rouges qu'à l'accoutumée. Rouges comme l'étaient les siens lorsqu'il avait fait des bêtises et s'était attiré des ennuis qui l'avaient fait pleurer.

– Il ne faut pas t'inquiéter, Bruno, dit Mère en s'asseyant sur la chaise qu'avait occupée la très belle femme blonde avec laquelle le Fourreur était arrivé au dîner, la même femme qui avait fait signe de la main à Bruno avant que Père ne refermât les portes. Le seul risque, c'est que ce soit une formidable aventure, ajouta Mère.

– Quoi donc ? demanda-t-il. Vous m'envoyez au loin ?

– Pas seulement toi, dit-elle en esquissant un sourire. Nous partons tous. Ton père et moi, Gretel et toi. Tous les quatre.

Bruno réfléchit à la question et fronça les sourcils. Il n'était pas contrarié que Gretel fût envoyée quelque part parce que c'était un cas désespéré et qu'elle ne lui apportait que des désagréments. Mais il trouvait injuste qu'ils fussent tous obligés de l'accompagner.

– Mais où ? demanda-t-il. Où allons-nous exactement ? Pourquoi ne pouvons-nous pas rester ici ?

– Le travail de ton père, expliqua Mère. Tu connais son importance, n'est-ce pas ?

– Oui, bien sûr, dit Bruno, en approuvant du chef parce que la maison était toujours pleine de visiteurs (d'hommes en uniformes épatants et de femmes armées de machines à écrire que ses sales pattes ne devaient pas approcher).

Et tous se montraient très polis envers Père, disant entre eux que c'était un homme à suivre et que le Fourreur avait de grands projets pour lui.

– Parfois, lorsque quelqu'un est très important, poursuivit Mère, la personne qui l'emploie peut lui demander de se rendre quelque part pour un travail particulier.

– Quel genre de travail ? demanda Bruno, car, s'il était honnête avec lui-même (ce à quoi il s'efforçait toujours), il devait reconnaître qu'il ne savait pas précisément en quoi consistait le travail de Père.

Un jour à l'école, chacun avait évoqué son père et Karl avait dit que le sien était marchand de légumes, ce que Bruno voulait bien croire car le père de Karl tenait un magasin de primeurs dans le centre ville. Daniel avait dit que le sien était professeur, ce que Bruno voulait bien croire car le père de Daniel faisait la classe aux grands, dont il était prudent de s'écarter. Et Martin avait dit que le sien était cuisinier, ce que Bruno voulait bien croire car le père de Martin venait parfois le chercher à la sortie de l'école et, dans ces cas-là, il était toujours vêtu d'un uniforme blanc et d'un tablier à carreaux, comme s'il sortait de sa cuisine.

Mais, lorsqu'ils demandèrent à Bruno ce que faisait son père, il ouvrit la bouche pour leur répondre, puis s'aperçut qu'il n'en savait rien lui-même. Tout ce qu'il pouvait dire, c'était que son père était un homme à suivre et que le Fourreur avait de grands projets pour lui. Et bien sûr qu'il avait un uniforme épatant.

– Il s'agit d'un travail très important, dit Mère, en hésitant, un travail qui requiert un homme exceptionnel. Tu peux comprendre cela, n'est-ce pas ?

– Et nous devons tous l'accompagner ? demanda Bruno.

– Bien sûr, dit Mère. Tu ne voudrais pas qu'il se rende seul à ce nouveau travail, qu'il se retrouve seul là-bas ?

– Je pense que non.

– Nous lui manquerions terriblement si nous n'étions pas avec lui, ajouta-t-elle.

– Qui lui manquerait le plus ? demanda Bruno. Gretel ou moi ?

– Vous lui manqueriez autant, répondit Mère qui croyait dur comme fer aux vertus du non-favoritisme, une opinion que Bruno respectait d'autant plus qu'il était sûr d'être son chouchou.

– Et la maison ? demanda-t-il. Qui s'en occupera en notre absence ?

Mère soupira et parcourut la pièce du regard comme si elle ne devait plus jamais la revoir. C'était une très belle maison de cinq étages en tout, si on comptait le sous-sol où la cuisinière préparait les repas et où Maria et Lars s'asseyaient à table, et se disputaient en se traitant de noms interdits. Et si on ajoutait la petite pièce tout en haut avec les fenêtres mansardées d'où Bruno pouvait voir tout Berlin, à condition de se mettre sur la pointe des pieds et de s'accrocher fermement au cadre.

– Nous devrons fermer la maison pour l'instant, dit Mère. Mais nous y reviendrons un jour ou l'autre.

– Et la cuisinière ? demanda Bruno. Et Lars ? Et Maria ? Ils n'y habiteront pas ?

– Ils partent avec nous, expliqua Mère. Mais assez de questions pour aujourd'hui ! Tu ferais bien de remonter aider Maria à faire tes valises.

Bruno se leva, mais resta où il était. Il avait encore quelques petites questions à poser à Mère avant d'admettre que le sujet était clos.

– Et c'est loin ? demanda-t-il. Le nouveau travail, je veux dire. C'est plus loin qu'à un kilomètre ?

– Oh, s'exclama Mère en riant d'un drôle de rire, car elle n'avait pas l'air gaie du tout et se détourna, comme si elle voulait lui cacher son visage. Oui, Bruno, dit-elle. C'est à plus de un kilomètre. Bien plus loin que cela, en réalité.

Bruno écarquilla les yeux et sa bouche dessina un O. Il sentit ses bras s'étirer de chaque côté de son corps comme à chaque fois qu'il était surpris par quelque chose.

– Nous allons quitter Berlin ? dit-il, près de suffoquer.

– J'en ai bien peur, dit Mère, en hochant tristement la tête. Le travail de ton père est…

– Et l'école ? la coupa-t-il, bien qu'il sût que c'était interdit, mais sentant qu'il serait pardonné pour cette fois. Et Karl et Daniel et Martin ? Comment sauront-ils où je suis quand ils voudront faire des choses avec moi ?

– Il faudra dire au revoir à tes amis, dit Mère. Mais je suis sûre que tu les reverras un jour. Et n'interromps pas ta mère quand elle te parle, s'il te plaît, ajouta-t-elle.

En effet, malgré ces nouvelles aussi étranges que mauvaises, Bruno ne devait certainement pas enfreindre les règles de politesse qui lui avaient été inculquées.

– Leur dire au revoir ? demanda-t-il en la fixant d'un air surpris. Leur dire au revoir ? répéta-t-il, en crachotant comme s'il avait la bouche pleine de biscuits mâchés en tout petits bouts. Dire au revoir à Karl, Daniel et Martin ? poursuivit-il, en criant presque, alors que ce n'était pas admis à l'intérieur de la maison. Mais ce sont mes trois meilleurs amis pour la vie !

– Tu t'en feras d'autres, dit Mère, avec un geste dédaigneux de la main, comme si se faire trois meilleurs amis pour la vie était chose facile.

– Mais nous avions des projets, protesta-t-il.

– Des projets ? demanda Mère en haussant un sourcil. Quel genre de projets ?

– Ce serait les trahir, dit Bruno qui ne pouvait révéler la nature exacte des projets (parmi lesquels figurait

« faire des bêtises », surtout d'ici quelques semaines quand l'école fermerait ses portes pour les vacances d'été et que Bruno et ses amis ne passeraient plus leur temps à échafauder des projets mais à les mettre à exécution).

– Je regrette, Bruno, dit Mère, mais tes projets devront attendre. Nous n'avons pas le choix dans cette affaire.

– Mais, Mère !

– Bruno, c'est assez, dit-elle, en colère et en se levant, pour lui montrer qu'elle ne plaisantait pas. Quand je pense que la semaine dernière encore, tu te plaignais du nombre de choses qui avaient changé à Berlin récemment.

– Je n'aime pas que nous soyons obligés d'éteindre la lumière le soir, reconnut-il.

– Tout le monde en est là, dit Mère. C'est une question de sécurité. Et qui sait, peut-être serons-nous moins en danger en déménageant ? À présent, je veux que tu montes aider Maria à faire tes valises. À cause de certaines personnes, nous n'avons pas beaucoup de temps.

Bruno hocha la tête et s'éloigna d'un air triste, sachant que « certaines personnes » désignait « Père » dans le langage des adultes, une expression qu'il lui était formellement interdit d'utiliser.

Il remonta lentement l'escalier, en se tenant à la rampe, et en se demandant si la nouvelle maison dans le nouvel endroit du nouveau travail aurait une rampe aussi formidable que celle-ci pour les glissades. Car celle de la maison de Berlin partait du tout dernier étage (devant la petite pièce où, à condition de se mettre sur la pointe des pieds et de s'accrocher fermement au cadre de la fenêtre, Bruno pouvait voir toute la ville), et arrivait au rez-de-chaussée, juste en face des deux énormes portes en chêne. Et le plaisir suprême de Bruno était de l'enfourcher au dernier étage et de se laisser glisser à travers toute la maison, en faisant du bruit.

Du dernier étage à celui d'après où se trouvaient la chambre de Père et de Mère, ainsi que la grande salle de bains, dans laquelle il n'avait le droit d'entrer sous aucun prétexte.

Puis à celui d'après, où se trouvaient sa chambre et celle de Gretel, ainsi que la plus petite salle de bains dont il était censé se servir bien plus souvent qu'il ne le faisait réellement.

Puis au rez-de-chaussée, où il se laissait tomber de la rampe en se réceptionnant sur les deux pieds, condition *sine qua non* pour ne pas perdre cinq points et devoir tout recommencer.

La rampe était ce qu'il y avait de mieux dans cette maison, avec le fait que Grand-père et Grand-mère vivaient à deux pas et, maintenant qu'il y pensait, il se demandait s'ils seraient du voyage vers le nouveau travail. Ils devaient forcément l'être, parce qu'il était inimaginable de les abandonner à Berlin. La famille pouvait très bien se passer de Gretel, car c'était un cas désespéré (le plus simple aurait été qu'elle restât s'occuper de la maison). En revanche, Grand-père et Grand-mère, c'était une autre affaire.

Bruno remonta lentement dans sa chambre mais, avant d'y entrer, il se retourna pour jeter un coup d'œil au bas de l'escalier et vit Mère pénétrer dans le bureau de Père, qui se trouvait en face de la salle à manger (et dont l'accès n'était permis en aucune circonstance et sous aucun prétexte). Il l'entendit élever la voix puis

Père parla plus fort qu'elle, ce qui mit un terme à leur conversation. Enfin, la porte du bureau se referma et Bruno n'entendit plus rien. Il songea alors que ce serait une bonne idée de retourner dans sa chambre et de remplacer Maria aux valises, sinon elle allait sortir ses affaires de l'armoire sans ménagement ni considération. Y compris celles qu'il avait cachées dans le fond et qui ne regardaient que lui.

CHAPITRE 2

LA NOUVELLE MAISON

Lorsque Bruno vit sa nouvelle maison pour la première fois, il écarquilla les yeux, sa bouche dessina un O et ses bras s'étirèrent le long de son corps. Tout dans celle-là différait de l'ancienne et il ne parvenait pas à croire qu'il allait réellement y habiter.

La maison de Berlin était située dans une rue calme, bordée d'autres maisons aussi imposantes que celle de Bruno et toujours agréables à regarder dans la mesure où elles étaient semblables à la sienne, du moins presque. Et puis d'autres garçons habitaient la rue, des garçons avec lesquels il jouait (les amis) ou dont il s'écartait (les brutes). En revanche, la nouvelle maison trônait toute seule au milieu d'un endroit désolé où aucune autre habitation ne se profilait à l'horizon. Ce qui signifiait qu'aucune famille ne vivait dans les environs et par conséquent aucun garçon avec lequel jouer, ami ou brute.

La maison de Berlin était gigantesque et, même après y avoir vécu neuf ans, Bruno trouvait toujours de nouveaux recoins à explorer. Il restait des pièces entières (comme le bureau de Père dont l'accès ne lui était permis en aucune circonstance et sous aucun prétexte) dans lesquelles il était à peine entré. En revanche, la nouvelle maison n'avait que trois étages : un premier étage où se trouvaient les trois chambres et l'unique salle de bains, le rez-de-chaussée avec la cuisine, la salle à manger et le nouveau bureau de Père (qui devait comporter les mêmes restrictions que l'ancien) ainsi qu'un sous-sol où dormaient les domestiques.

La maison de Berlin était entourée de rues, elles-mêmes bordées de grandes maisons. En marchant vers le centre ville, on croisait toujours des gens qui se promenaient et s'arrêtaient pour bavarder avec quelqu'un d'autre ou qui étaient trop pressés et disaient alors qu'ils n'avaient pas le temps de s'arrêter, pas aujourd'hui, pas avec tout ce qu'ils avaient à faire. Les rues regorgeaient de magasins aux devantures rutilantes et de marchands de fruits et légumes dont les étals croulaient sous les piles de choux, de carottes, de choux-fleurs et de maïs. D'autres débordaient de poireaux, de champignons, de navets et de choux de Bruxelles, et d'autres encore de laitues, de haricots verts, de courgettes et de panais. Bruno aimait s'attarder devant les éventaires, fermer les yeux, respirer tous les parfums et s'enivrer des effluves de douceur et de vie. Mais, autour de la nouvelle maison, pas une rue, personne qui marchait ou se hâtait et pas la moindre boutique ni aucun marchand de fruits et légumes. Et quand Bruno ferma les yeux, tout ce qu'il sentit, ce fut le vide et le froid, comme s'il se trouvait dans l'endroit le plus reculé du monde. Au milieu de nulle part.

À Berlin, il y avait des tables dehors, dans la rue et, lorsque Bruno rentrait de l'école avec Karl, Daniel et

Martin, il arrivait qu'il y vît des hommes et des femmes qui buvaient du liquide mousseux et s'esclaffaient. Ces gens, installés aux tables, devaient être des drôles, se disait chaque fois Bruno, car quelles que fussent les paroles échangées, il s'en trouvait toujours un pour rire. Alors que la nouvelle maison dégageait quelque chose qui lui faisait penser que jamais personne n'y avait ri, qu'elle n'incitait pas à se réjouir.

– Je pense que c'était une mauvaise idée, dit Bruno, quelques heures après leur arrivée, tandis que Maria défaisait ses valises à l'étage.

Elle n'était pas la seule domestique de la nouvelle maison. Il y en avait trois autres, plutôt maigres et qui ne se parlaient qu'à voix basse, et un vieil homme qui venait tous les après-midi éplucher les légumes et faire le service, un homme qui avait l'air profondément malheureux et un peu en colère.

– Nous n'avons pas le luxe de penser, dit Mère en ouvrant une boîte contenant le service de soixante-quatre verres que Grand-père et Grand-mère lui avaient offert pour son mariage. Certaines personnes prennent toutes les décisions pour nous.

Bruno ne comprit pas le sens des paroles de Mère et les ignora tout bonnement.

– Je pense que c'était une mauvaise idée, répéta-t-il. Le mieux serait d'oublier tout cela et de rentrer à la maison. Nous n'avons qu'à mettre ce déplacement sur le compte de l'expérience, ajouta-t-il, une expression qu'il avait apprise récemment et qu'il comptait utiliser aussi souvent que possible.

Mère sourit et posa délicatement plusieurs verres sur la table.

– J'ai une autre expression à te proposer, dit-elle. Il faut faire contre mauvaise fortune bon cœur.

– Je ne suis pas sûr que nous y arrivions, dit Bruno. Vous devriez dire à Père que vous avez changé d'avis. En admettant même que nous restions toute la journée, que nous dînions et dormions ici parce que nous sommes fatigués, ce n'est pas bien grave. Mais, demain, il faudra nous lever tôt si nous voulons être de retour à Berlin pour le goûter.

Mère soupira.

– Bruno, si tu montais aider Maria à défaire tes valises ?

– Mais à quoi bon défaire mes valises si nous ne...

– Bruno, contente-toi d'obéir, s'il te plaît ! dit-elle d'un ton brusque. (Interrompre son interlocuteur ne posait visiblement aucun problème dans son cas.) Nous sommes ici. Nous sommes arrivés. Ceci est notre maison pour un laps de temps indéterminé et nous devons nous en accommoder. Tu comprends ?

Il ne comprenait pas le sens de « laps de temps indéterminé » et le lui fit savoir.

– Cela signifie, Bruno, que nous vivons ici désormais, répondit-elle. Le sujet est clos.

Bruno fut pris d'une douleur au ventre et éprouva un sentiment grandissant qui, lorsqu'il serait remonté des profondeurs de son être pour surgir dans le monde extérieur, le ferait hurler que tout cela était mal et injuste, que c'était une erreur colossale pour laquelle quelqu'un paierait un jour, ou bien le ferait éclater en sanglots. Il ne parvenait pas à comprendre comment il en était arrivé là. La veille, il était heureux, il jouait à la maison, il avait trois meilleurs amis pour la vie, il glissait le long de la rampe et essayait de se mettre sur la pointe des pieds pour voir tout Berlin. Et aujourd'hui, il se retrouvait ici, coincé dans cette maison froide et inamicale, en compagnie de trois bonnes chuchotantes et d'un serviteur malheureux et en colère, dans une maison où il semblait que personne ne serait jamais plus joyeux.

– Bruno, je veux que tu ailles défaire tes valises. Et tout de suite, dit Mère d'un ton hostile.

Bruno comprit qu'elle était sérieuse et s'en alla sans ajouter un mot. Il sentit les larmes lui monter aux yeux, mais se refusa à les laisser couler.

Il monta à l'étage et en fit lentement le tour, dans l'espoir d'y trouver une petite porte ou bien un cagibi dans lequel il pourrait se livrer à une exploration en règle, mais ne trouva rien. Au premier, il n'y avait que quatre portes, deux de chaque côté du palier en face les unes des autres : la porte de sa chambre, celle de Gretel, celle de Père et Mère et celle de la salle de bains.

– Ce n'est pas chez moi et ce ne le sera jamais, marmonna-t-il en entrant dans sa chambre où il découvrit tous ses habits éparpillés sur son lit et les caisses renfermant ses jouets et ses livres encore fermées. (Décidément, Maria s'était trompée dans ses priorités.) Mère m'envoie vous aider, dit-il doucement.

Maria hocha la tête et lui indiqua un grand sac contenant ses chaussettes, ses maillots de corps et ses slips.

– Si vous triez ce linge, vous pourrez ensuite le ranger dans la commode qui se trouve là, dit-elle en lui montrant un meuble horrible qui trônait de l'autre côté de la pièce, près d'un miroir couvert de poussière.

Bruno soupira et ouvrit le sac. Il était plein à ras bord de sous-vêtements et Bruno fut pris d'une envie folle de se glisser à l'intérieur, en espérant qu'au moment où il en ressortirait, il se réveillerait chez lui.

– Que pensez-vous de tout cela, Maria ? lui demanda-t-il après un long silence, car il aimait bien Maria et l'avait toujours considérée comme un membre de la famille. (Même si Père disait d'elle que ce n'était qu'une bonne et trop bien payée en plus.)

– Tout cela, quoi ? dit-elle.

– Cela, répondit-il, comme s'il s'agissait de la chose la plus évidente du monde. Venir ici. Vous ne pensez pas que c'est une erreur colossale ?

– Ce n'est pas à moi de le dire, monsieur Bruno. Votre mère vous a parlé du travail de votre père...

– J'en ai assez d'entendre parler du travail de Père, l'interrompit-il. Tout le monde n'a que le travail de Père à la bouche, si vous voulez mon avis. Le travail de Père par-ci et le travail de Père par-là. Enfin, si le travail de Père m'oblige à quitter ma maison, sa rampe qui glisse merveilleusement et mes trois meilleurs amis pour la vie, je pense qu'il ferait mieux d'y réfléchir à deux fois, pas vous ?

Au même moment, un craquement se fit entendre dans le couloir et, quand Bruno leva les yeux, il vit quelqu'un entrouvrir la porte de la chambre de Père et Mère. Il se figea, incapable du moindre mouvement. Mère étant toujours en bas, logiquement ce devait être Père, qui avait peut-être entendu ce que Bruno avait dit. Bruno fixa la porte, en osant à peine respirer et en se demandant si Père allait le conduire en bas pour lui passer un savon.

La porte s'ouvrit davantage et Bruno recula en voyant apparaître une silhouette, qui n'était pas celle de Père.

C'était un homme bien plus jeune que lui, beaucoup moins grand, vêtu du même uniforme, mais avec moins de décorations. Il avait un air très sérieux et portait sa casquette vissée sur le crâne. Bruno s'aperçut qu'il avait les cheveux très blonds sur les tempes, d'un jaune presque artificiel. Il tenait une boîte à la main et s'apprêtait à descendre l'escalier, quand il aperçut Bruno qui le regardait. Il s'arrêta et le détailla de la tête aux pieds, comme s'il n'avait jamais vu d'enfant de sa vie et ignorait ce qu'il convenait d'en faire : le manger, prétendre qu'il n'existait pas ou bien l'envoyer au bas de l'escalier d'un coup de pied. Finalement, il préféra lui faire un rapide signe de tête et continua son chemin.

– Qui était-ce ? demanda Bruno.

Le jeune homme avait la mine tellement sérieuse et semblait si affairé qu'il devait forcément être quelqu'un d'important, songea-t-il.

– Sans doute un des soldats de votre père, répondit Maria qui s'était raidie à l'apparition du jeune homme, les mains jointes devant elle comme en prière. (Elle avait gardé les yeux baissés plutôt que de le regarder en face, comme si elle avait redouté d'être changée en pierre si elle s'y était risquée, et ne s'était détendue qu'après son départ.) Nous apprendrons à les connaître, conclut-elle.

– Je ne suis pas sûr de l'aimer, dit Bruno. Il est trop sérieux.

– Votre père l'est aussi.

– Oui, mais c'est Père, expliqua Bruno. Les pères sont censés être sérieux, qu'ils soient marchands de légumes, professeurs, cuisiniers ou commandants, dit-il en énumérant les métiers exercés par des pères respectables et aux intitulés desquels il avait longuement réfléchi. Et, selon moi, il n'a rien d'un père. Bien qu'il soit sérieux, je ne peux pas dire le contraire.

– C'est qu'ils font un travail sérieux, dit Maria en soupirant. Ou du moins le croient-ils. Mais si j'étais vous, j'éviterais les soldats.

– Je ne vois pas ce que je pourrais faire d'autre, dit tristement Bruno. Et je n'ai personne à part Gretel avec qui jouer. Vous appelez cela un amusement ! C'est un cas désespéré.

Il se sentit de nouveau au bord des larmes, mais se retint, ne voulant pas passer pour un bébé aux yeux de Maria. Il parcourut la pièce du regard à la recherche d'un quelconque élément digne d'intérêt. Il n'y en avait aucun. Enfin, c'est ce qu'il lui sembla. Quand, soudain, son attention fut attirée par quelque chose. Dans un coin, à l'autre bout de la pièce, en face de la porte, il y avait une petite fenêtre au plafond qui descendait le long du mur, un peu comme celle du dernier étage de la maison de Berlin, mais moins haute. Bruno regarda la fenêtre et constata qu'il verrait dehors sans même avoir à se mettre sur la pointe des pieds.

Il marcha lentement vers elle, en espérant qu'il pourrait voir jusqu'à Berlin, jusqu'à sa maison et aux rues des alentours, aux tables où les gens s'asseyaient pour boire du liquide mousseux et se raconter des histoires désopilantes. Il avança lentement de peur d'être déçu. Mais c'était une chambre de petit garçon et il ne mit pas bien longtemps à arriver à la fenêtre. Bruno approcha son visage et vit ce qu'il y avait à l'extérieur. Et lorsqu'il écarquilla les yeux et que sa bouche dessina un O, ses mains demeurèrent immobiles le long de son corps cette fois, car le spectacle qui s'offrait à ses yeux le remplit de crainte et de froid.

CHAPITRE 3

LE CAS DÉSESPÉRÉ

Bruno était certain qu'il eût été bien plus sensé de laisser Gretel à Berlin pour s'occuper de la maison, car elle n'était qu'une source de tracas. Pour tout dire, il l'avait en maintes occasions entendu décrire comme un poison dès sa naissance.

Gretel avait trois ans de plus que Bruno et, si loin qu'il s'en souvenait, elle lui avait fait clairement comprendre que tout ce qui touchait aux choses de la vie, en particulier aux événements qui les concernaient tous deux, était de son ressort. Bruno répugnait à reconnaître qu'il avait un peu peur de Gretel, mais s'il était honnête avec lui-même (ce à quoi il s'efforçait toujours), il l'aurait admis.

Elle avait des habitudes épouvantables, comme il est d'usage chez les sœurs. D'abord, elle passait beaucoup trop de temps dans la salle de bains le matin, en se fichant éperdument que Bruno attende dehors, sautillant d'un pied sur l'autre, pris d'une envie pressante.

Gretel avait une impressionnante collection de poupées disposées sur les étagères de sa chambre, des poupées qui fixaient Bruno dès qu'il entrait dans la pièce et le suivaient des yeux, quoi qu'il fît. Bruno était certain que, s'il avait voulu explorer la chambre de sa sœur en son absence, les poupées lui auraient fait un rapport circonstancié de ses faits et gestes. Gretel avait également des amies très antipathiques qui trouvaient intelligent de se moquer de lui. Ce qu'il ne se serait jamais permis s'il avait eu trois ans de plus qu'elles. Les amies très antipathiques de Gretel adoraient le torturer et lui dire des choses horribles dès que Mère ou Maria avaient le dos tourné.

– Bruno n'a pas neuf ans, il en a six, chantonnait inlassablement une des pestes, en dansant autour de lui et en lui enfonçant un doigt dans les côtes.

– Je n'ai pas six ans, j'en ai neuf, protestait-il, en essayant de s'enfuir.

– Alors, pourquoi es-tu si petit ? demandait la peste. Tous les garçons de neuf ans sont plus grands que toi.

Ce qui était exact et particulièrement douloureux pour Bruno. Être plus petit que tous ses camarades de classe lui était une source de déconvenue perpétuelle. Il leur arrivait à l'épaule. Parfois, quand il marchait dans la rue avec Karl, Daniel et Martin, on le prenait pour le jeune frère de l'un ou l'autre, alors qu'il était le deuxième des trois en âge.

– C'est que tu n'as que six ans, insistait la peste.

Et Bruno courait faire ses exercices d'étirement, dans l'espoir de se réveiller un matin en ayant grandi de un ou deux centimètres.

Le seul point positif dans le fait de ne plus être à Berlin était donc qu'aucune d'elles ne serait là pour le torturer. Qui sait, s'il était obligé de rester dans la nouvelle maison un moment, voire un mois, il serait peut-être plus grand en rentrant à Berlin et elles ne pourraient plus se déchaîner contre lui. C'était en tout cas une chose à garder à l'esprit s'il voulait suivre les conseils de Mère et faire contre mauvaise fortune bon cœur.

Il entra dans la chambre de Gretel sans frapper et la trouva en train de placer sa tribu de poupées sur les étagères.

– Qu'est-ce que tu fais ici ? cria-t-elle en se retournant brusquement. Tu ne sais pas qu'on frappe avant d'entrer dans la chambre d'une dame ?

– Ne me dis pas que tu as emporté toutes tes poupées ? demanda Bruno, qui avait pris l'habitude d'ignorer les questions de sa sœur et préférait lui en poser d'autres en retour.

– Évidemment, répliqua-t-elle. Tu ne crois quand même pas que je les aurais laissées à la maison ? Alors que nous ne rentrerons peut-être pas avant des semaines.

– Des semaines ? répéta Bruno d'un ton apparemment déçu, alors qu'il se réjouissait secrètement, s'étant fait à l'idée de rester un mois. Tu crois vraiment ?

– J'ai demandé à Père. Il m'a dit que nous resterions ici pour un laps de temps indéterminé.

– C'est quoi exactement, un laps de temps indéterminé ? demanda Bruno, en s'asseyant au bord du lit.

– Cela veut dire plusieurs semaines, dit-elle, en hochant doctement la tête. Peut-être trois.

– Tant mieux si c'est pour un laps de temps indéterminé et pas pour un mois. Je hais cet endroit.

Gretel regarda son petit frère et s'aperçut que, pour une fois, elle partageait son opinion.

– Je vois ce que tu veux dire, dit-elle. Ce n'est pas très agréable, n'est-ce pas ?

– C'est horrible, dit Bruno.

– Effectivement, dit Gretel, qui le reconnaissait volontiers. C'est horrible aujourd'hui. Mais, une fois la maison arrangée, ce sera supportable. J'ai entendu Père dire que ceux qui vivaient là avant nous, à Hoche-Vite, avaient très vite perdu leur travail et qu'en conséquence ils n'avaient pas eu le temps d'aménager joliment les lieux.

– Hoche-Vite ? demanda Bruno. C'est quoi, un Hoche-Vite ?

– Ce n'est pas un Hoche-Vite, Bruno, répondit Gretel, en soupirant. C'est juste Hoche-Vite.

– D'accord, mais alors c'est quoi, Hoche-Vite ? répéta-t-il. Hoche vite à qui ?

– C'est le nom de la maison, expliqua Gretel. Hoche-Vite.

Bruno réfléchit à la question. Il n'avait aperçu aucun panneau à l'extérieur indiquant que c'était son nom, ni aucune inscription sur la porte d'entrée. La maison de Berlin n'avait même pas de nom. On disait juste numéro 4.

– Mais qu'est-ce que ça veut dire ? demanda-t-il avec exaspération. Hoche vite à qui ?

– À l'homme qui vivait là avant nous, je suppose, dit Gretel. Cela a sûrement à voir avec le fait qu'il travaillait mal. Quelqu'un a dit : « Je hoche vite à celui-ci et j'en fais venir un autre qui travaille bien. »

– Tu veux dire Père.

– Bien sûr, dit Gretel, qui parlait toujours de Père comme d'une personne incapable de faire du mal ou de se mettre en colère et qui venait toujours l'embrasser pour lui dire bonne nuit. (Ce qu'il faisait aussi pour Bruno qui, s'il était vraiment juste et pas seulement triste d'avoir déménagé, l'aurait reconnu.)

– Si je comprends bien, nous sommes à Hoche-Vite parce que quelqu'un a dit : « Je hoche vite à celui qui habitait la maison avant nous » ?

– Exactement, Bruno, dit Gretel. Bon, maintenant, descends de mon lit. Tu froisses le couvre-lit.

Bruno sauta et atterrit sur le tapis avec un bruit sourd qui ne fut pas de son goût. Le sol sonnait creux et il décida sur-le-champ qu'il valait mieux ne pas trop sauter dans cette maison au risque de la voir s'effondrer autour de soi.

– Je hais cet endroit, répéta-t-il pour la centième fois.

– Je sais, dit Gretel, mais je ne vois pas ce que nous pouvons y faire.

– Karl, Daniel et Martin me manquent.

– Et moi, Hilda, Isobel et Louise, renchérit Gretel.

Bruno essaya de se rappeler laquelle des trois était la peste.

– Je n'ai pas l'impression que les enfants d'ici soient tellement sympathiques, dit-il.

Gretel cessa immédiatement de tripoter l'une de ses poupées terrifiantes et se retourna pour regarder son frère.

– Qu'est-ce que tu as dit ? demanda-t-elle.

– J'ai dit : je n'ai pas l'impression que les enfants d'ici soient tellement sympathiques.

– Les enfants d'ici ? dit Gretel d'un air perplexe. Quels enfants ? Je n'en ai vu aucun.

Bruno regarda autour de lui. La chambre de Gretel

avait une fenêtre, mais comme elle était de l'autre côté du palier, en face de la sienne, elle donnait dans une autre direction. Prenant l'air le plus dégagé possible, il avança paresseusement vers la fenêtre, les mains enfoncées dans les poches de son short, et se mit à siffler une chanson, en évitant soigneusement de regarder sa sœur.

– Bruno ? demanda Gretel. Qu'est-ce que tu fabriques ? Tu es devenu fou ?

Il continua à avancer et à siffler. Continua à ne pas regarder Gretel jusqu'à ce qu'il atteigne la fenêtre qui, par chance, était assez basse pour qu'il puisse voir dehors. Bruno regarda et aperçut la voiture dans laquelle ils étaient arrivés, ainsi que deux ou trois autres véhicules appartenant aux soldats qui travaillaient pour Père. Certains d'entre eux fumaient une cigarette et riaient à propos d'on ne sait quoi, en jetant des coups d'œil inquiets vers la maison. Derrière eux s'étiraient l'allée et, plus loin, une forêt qui semblait inviter à l'exploration.

– Bruno, tu pourrais m'expliquer ce que voulait dire cette dernière remarque ? demanda Gretel.

– Il y a une forêt là-bas, dit-il.

– Bruno ! grogna Gretel, en se ruant sur lui.

Bruno s'écarta de la fenêtre et se plaqua contre le mur.

– Quoi ? demanda-t-il, feignant de ne pas comprendre de quoi elle parlait.

– Les enfants d'ici, répliqua Gretel. Tu as dit que tu avais l'impression qu'ils n'étaient pas tellement sympathiques.

– J'en ai l'impression, dit Bruno qui ne voulait pas les juger sans les connaître, mais se fiait quand même aux apparences – ce dont Mère s'évertuait à le décourager.

– Mais quels enfants ? demanda Gretel. Où sont-ils ?

Bruno sourit et se dirigea vers la porte, en lui faisant signe de le suivre. Gretel s'exécuta en laissant échapper un soupir à fendre l'âme, alla poser sa poupée sur son lit, puis y renonça et entra dans la chambre de son frère, la poupée serrée contre son cœur. Elle manqua de peu la collision avec Maria qui se précipitait dehors, tenant à la main quelque chose qui ressemblait fort à une souris morte.

– Les enfants sont là, dit Bruno qui regardait déjà par la fenêtre.

Il ne se retourna pas pour vérifier si Gretel était entrée à sa suite, trop captivé par les enfants, oubliant même sa présence.

Gretel était restée plantée quelques mètres derrière lui et bien qu'elle mourût d'envie de voir les enfants, la façon dont Bruno avait dit « ils sont là » et l'intensité avec laquelle il regardait dehors la rendirent soudain nerveuse. Bruno n'était jamais parvenu à la piéger et elle aurait juré qu'il n'essayait pas, mais tout dans son attitude lui donna le sentiment de ne plus être certaine de vouloir voir les enfants. Elle déglutit nerveusement et pria silencieusement qu'ils rentrent effectivement à Berlin dans un laps de temps indéterminé et non dans un mois, comme Bruno l'avait laissé entendre.

– Alors ? dit-il, en se retournant et en voyant sa sœur sur le pas de la porte, sa poupée serrée contre son cœur, ses couettes dorées en équilibre parfait sur ses épaules, ne demandant qu'à être tirées. Tu n'as pas envie de les voir ?

– Bien sûr que si, dit-elle en avançant d'un pas hésitant. Écarte-toi, ajouta-t-elle, en le poussant du coude.

Il faisait beau, ce premier après-midi à Hoche-Vite et, au moment exact où Gretel regarda par la fenêtre, le soleil réapparut derrière un nuage. Mais ses yeux s'acclimatèrent à la lumière et, le soleil disparaissant à nouveau, elle découvrit exactement ce dont Bruno avait parlé.

CHAPITRE 4

CE QU'ILS VOIENT PAR LA FENÊTRE

D'abord, ce n'étaient pas des enfants. Du moins, pas tous. Il y avait des petits et des grands garçons, des pères et des grands-pères. Des oncles aussi peut-être. Et parmi eux, quelques individus qui vivaient seuls au milieu de tout le monde et n'avaient pas l'air d'avoir la moindre famille. Ils auraient pu être n'importe qui.

– C'est qui ? demanda Gretel, bouche bée, à l'image de son frère ces derniers temps. C'est quoi, cet endroit ?

– Je ne sais pas, dit Bruno, qui s'efforçait de rester au plus près de la vérité. Mais ce n'est pas agréable comme Berlin. Ça, j'en suis sûr, ajouta-t-il.

– Et où sont les filles ? demanda-t-elle. Et les mères ? Et les grand-mères ?

– Peut-être vivent-elles ailleurs, hasarda Bruno.

Gretel acquiesça. Elle se refusait à regarder mais ne pouvait s'en empêcher. Tout ce qu'elle avait vu jusqu'ici, c'était la forêt du côté de sa fenêtre, une forêt sombre mais sans doute un bon endroit pour pique-niquer, pour peu qu'il y eût des clairières plus loin. En revanche, de ce côté-ci de la maison, la vue était radicalement différente.

Cela s'amorçait plutôt bien. Par un jardin qui commençait sous la fenêtre de Bruno, finalement assez grand et plein de fleurs plantées dans des carrés de terre soigneusement délimités qui donnaient l'impression d'être entretenus par un jardinier méticuleux, conscient d'accomplir quelque chose de positif en faisant pousser des fleurs dans un endroit pareil. Quelque chose de positif comme allumer une minuscule bougie dans un immense château sur une lande perdue dans la brume, par une sombre nuit d'hiver.

Au-delà des fleurs courait une ravissante bordure sur laquelle était installé un banc en bois où Gretel se serait bien vue lire au soleil. Sur le dossier était fixée une plaque. Mais, à cette distance, elle ne pouvait lire l'inscription. Le banc était tourné vers la maison, une drôle d'idée *a priori*, mais, en la circonstance, Gretel trouva qu'elle se justifiait.

Environ six mètres après le jardin, les fleurs et le banc avec sa plaque, le paysage changeait du tout au tout. Une immense barrière métallique, dont le sommet se recourbait vers l'intérieur, s'étirait sur toute la longueur de la maison et au-delà, à droite et à gauche, à perte de vue. C'était une très haute clôture, plus haute que la maison où ils se trouvaient actuellement, jalonnée de gigantesques piquets en bois, comme des poteaux télégraphiques, pour la faire tenir debout. Elle était coiffée d'énormes rouleaux de fil de fer barbelé qui s'emmêlaient en spirale et, quand elle vit les piquants acérés qui les hérissaient, Gretel ressentit une douleur inattendue.

De l'autre côté de la barrière, il n'y avait plus un brin d'herbe. Plus la moindre trace de végétation nulle part. Rien qu'un sol nu sablonneux et, d'après ce qu'elle pouvait en juger, des baraquements bas et quelques bâtiments carrés disséminés çà et là et, bien plus loin, des nuages de fumée qui s'étiraient dans le ciel. Gretel ouvrit la bouche pour parler, mais se rendit compte qu'elle n'avait pas de mots pour exprimer sa surprise. Elle fit alors la seule chose sensée à laquelle elle songea, elle referma la bouche.

– Tu vois ? dit Bruno du coin de la pièce, secrètement content de lui car, quoi (et qui) que ce fût, il était le premier à l'avoir vu, et le seul à pouvoir le revoir à sa guise de sa fenêtre.

En conséquence, tout cela lui appartenait, il en était le roi et Gretel était sa vassale.

– Je ne comprends pas, dit Gretel. Qui voudrait construire un endroit pareil ?

– C'est horrible, tu ne trouves pas ? renchérit Bruno. En plus, j'ai l'impression que les maisons n'ont pas d'étage. Regarde comme elles sont basses.

– Ce sont sûrement des maisons modernes, dit Gretel. Père déteste la modernité.

– Alors, il risque de ne pas les aimer, dit Bruno.

– Non, admit Gretel.

Elle demeura un long moment immobile à regarder dehors. Gretel avait douze ans et elle était considérée comme une des élèves les plus brillantes de sa classe. Elle serra les lèvres, fronça les sourcils et força son cerveau à essayer de comprendre ce qu'elle voyait, et arriva finalement à une seule conclusion.

– Ce doit être la campagne, dit-elle en se tournant vers son frère avec un regard triomphant.

– La campagne ?

– Oui, je ne vois pas d'autre possibilité. Chez nous à

Berlin, c'est la ville. Ce qui explique qu'il y ait tant de gens et de maisons, et que les écoles soient pleines. Et que, le samedi après-midi, on se fasse bousculer en allant dans le centre ville.

– Oui... approuva Bruno qui tâchait de suivre.

– Or, en géographie, on apprend qu'à la campagne, où vivent les fermiers et les animaux, et où on fait pousser de quoi manger, il y a plein de grands espaces comme celui-ci. C'est là que les paysans vivent et travaillent, et c'est de là qu'ils nous expédient de la nourriture.

Elle tourna à nouveau le regard vers l'immense étendue et se demanda quelle distance séparait les baraquements.

– C'est forcément la campagne. Nous sommes peut-être dans notre maison de vacances, ajouta-t-elle pleine d'espoir.

Bruno réfléchit à la question et secoua la tête.

– Je ne pense pas, dit-il d'un ton très convaincu.

– Tu as neuf ans, le contra Gretel. Qu'en sais-tu ? Quand tu auras mon âge, tu comprendras.

– C'est possible, dit Bruno qui ne niait pas être plus jeune mais doutait que cela l'empêchât d'avoir raison. Si c'est la campagne comme tu le dis, où sont les animaux ?

Gretel ouvrit la bouche pour répliquer mais ne trouva pas de réponse appropriée. Elle regarda à nouveau par la fenêtre dans l'espoir d'apercevoir des animaux, mais il n'y en avait aucun, nulle part.

– Si c'était une ferme, il devrait y avoir des vaches, des cochons, des moutons et des chevaux, dit Bruno. Sans oublier des poulets et des canards.

– Et il n'y en a pas, reconnut doucement Gretel.

– Et si on faisait pousser des choses à manger, comme

tu le prétends, poursuivit Bruno qui s'amusait comme un fou, alors le sol serait plus joli. Je ne vois pas ce qu'on pourrait faire pousser dans cette poussière.

Gretel regarda à nouveau et acquiesça, car elle n'était pas assez bête pour prétendre avoir raison envers et contre tout quand il était évident que la discussion lui donnait tort.

– Alors, ce n'est pas une ferme, dit-elle.

– Non, approuva Bruno.

– Ce qui signifie que ce n'est pas la campagne.

– Non, dit Bruno.

– Ce qui signifie que nous ne sommes pas dans notre maison de vacances, conclut-elle.

– Je ne crois pas.

Bruno s'assit sur son lit avec l'envie fugace que Gretel vienne le prendre dans ses bras et lui dise que tout irait bien, qu'ils finiraient par aimer cet endroit tôt ou tard et ne voudraient plus jamais revenir à Berlin. Mais Gretel resta à la fenêtre et, cette fois, elle ne regarda pas les fleurs, ni la bordure, ni le banc avec sa plaque, ni la haute barrière, ni les poteaux télégraphiques en bois, ni les rouleaux de fil de fer barbelé, ni le sol nu au-delà, ni les baraquements, ni les petits bâtiments, ni les nuages de fumée. Elle regarda les gens.

– Qui sont tous ces gens ? demanda-t-elle à voix basse, comme si la question ne s'adressait pas tant à Bruno qu'à quelqu'un d'autre, une personne susceptible de lui apporter une réponse. Et que font-ils là ?

Bruno se leva et, pour la première fois, ils se postèrent ensemble devant la fenêtre, côte à côte, pour regarder ce qui se passait à moins de quinze mètres de leur nouvelle maison.

Partout où ils posaient les yeux, des gens, des grands, des petits, des vieux, des jeunes. Certains en groupes, parfaitement immobiles, les mains le long du corps, tentaient de garder la tête haute, tandis qu'un soldat paradait devant eux, ouvrant et fermant la bouche à toute vitesse comme s'il leur criait dessus. D'autres, enchaînés, un peu comme des bagnards, poussaient des brouettes d'un bout à l'autre du camp, surgissant d'un endroit que Gretel et Bruno ne pouvaient voir, pour aller plus loin, derrière un baraquement, où ils disparaissaient à nouveau. Quelques-uns fixaient le sol sans rien dire comme s'ils voulaient éviter d'être choisis pour un jeu. D'autres s'appuyaient sur des béquilles et beaucoup portaient un bandage autour de la tête. D'autres enfin, armés de pelles, étaient conduits par des soldats dans un endroit où ils devenaient invisibles.

Bruno et Gretel en voyaient des centaines, de ces gens, mais les baraquements étaient si nombreux et le camp si étendu qu'il devait forcément y en avoir des milliers.

– Et dire qu'ils vivent si près de chez nous, lâcha Gretel en fronçant les sourcils. À Berlin, il n'y avait que six maisons dans notre jolie rue tranquille. Alors qu'ici on ne les compte plus. Pourquoi Père a-t-il accepté un travail dans un endroit aussi horrible, avec autant de voisins ? Cela n'a pas de sens.

– Regarde là-bas, dit Bruno.

Gretel suivit la direction que lui indiquait Bruno et aperçut, sortant d'un baraquement dans le lointain, un groupe d'enfants serrés les uns contre les autres et des soldats leur criant dessus. Plus les soldats criaient, plus les enfants se blottissaient les uns contre les autres, puis un des soldats bondit sur eux et ils se séparèrent, obtempérant, semble-t-il, à ce que celui-ci leur ordonnait depuis le début : se mettre en rang. Quand les enfants s'exécutèrent, les soldats éclatèrent de rire et applaudirent.

– Il doit s'agir d'une sorte de répétition, suggéra Gretel, sans tenir compte du fait que certains enfants, même parmi les plus grands, même parmi ceux de son âge, semblaient pleurer.

– Je t'avais bien dit qu'il y avait des enfants, dit Bruno.

– Pas le genre d'enfants avec lesquels j'aimerais jouer, déclara Gretel d'un ton sans appel. Ils sont crasseux. Hilda, Isobel et Louise prennent un bain tous les matins, comme moi. Je n'ai pas l'impression que ces enfants en aient déjà pris.

– Ça a l'air sale là-bas, dit Bruno. Mais peut-être n'ont-ils pas de baignoires ?

– Ne sois pas stupide, dit Gretel, bien qu'il lui ait été recommandé à de multiples occasions de ne pas traiter son frère de stupide. Qui pourrait bien ne pas avoir de baignoire ?

– Je ne sais pas, dit Bruno. Les gens qui n'ont pas l'eau chaude.

Gretel s'attarda quelques instants encore derrière la fenêtre, puis elle frissonna et s'en détourna.

– Je retourne dans ma chambre ranger mes poupées, dit-elle. La vue est indéniablement plus agréable de chez moi.

Sur cette remarque, elle quitta la pièce, traversa le palier, entra dans sa chambre et referma la porte. Mais Gretel ne retourna pas immédiatement à l'agencement de ses poupées. Elle préféra s'asseoir sur son lit et laisser quantité de pensées lui traverser l'esprit.

Au même moment, une dernière réflexion naissait dans la tête de son frère tandis qu'il regardait les centaines de gens s'affairer au loin. Tous, petits et grands garçons, pères, grands-pères, oncles, individus seuls au milieu de tout le monde et semblant n'avoir aucune famille, portaient la même tenue : un pyjama gris rayé et un bonnet assorti.

– C'est incroyable, murmura-t-il, avant de se retourner.

Chapitre 5

En aucune circonstance et sous aucun prétexte

Il ne restait qu'une solution : parler à Père.

Père n'avait pas quitté Berlin en voiture avec eux. Il était parti quelque temps plus tôt, le soir du jour où Bruno était rentré à la maison pour trouver Maria dans sa chambre, en train de sortir toutes ses affaires de son armoire, y compris celles qu'il avait cachées dans le fond et qui ne regardaient que lui. Les jours suivants, Mère, Gretel, Maria, la cuisinière, Lars et Bruno avaient consacré tout leur temps à ranger leurs effets dans des caisses et à les charger dans l'énorme camion qui allait les emporter à Hoche-Vite, dans leur nouvelle maison.

Ce fut ce fameux dernier matin, quand la maison fut vide et ne ressembla plus à leur vraie maison, qu'ils firent leurs valises avec les dernières choses qui restaient et qu'une voiture officielle, arborant des drapeaux rouge et noir à l'avant, s'était arrêtée devant leur porte pour les emmener.

Mère, Maria et Bruno furent les derniers à quitter la maison. Bruno avait alors eu l'intime conviction que

Mère ne s'était pas rendu compte que la bonne était avec eux dans l'entrée. Car, tandis qu'ils jetaient un dernier regard au vestibule vide où ils avaient passé tant de bons moments, où le sapin était dressé à Noël, où les parapluies mouillés étaient entreposés l'hiver dans le porte-parapluies, où Bruno était censé laisser ses chaussures crottées quand il rentrait, mais ne le faisait jamais, Mère avait secoué la tête et dit quelque chose de très étrange.

– Nous n'aurions jamais dû laisser le Fourreur venir dîner à la maison. Certaines personnes et leur acharnement à vouloir monter en grade !

Sur ces mots, Mère s'était retournée, permettant à Bruno de s'apercevoir qu'elle avait les yeux remplis de larmes, et elle avait sursauté en découvrant Maria.

– Maria, avait dit Mère, d'un ton surpris. Je vous croyais dans la voiture.

– Je m'en allais, madame.

– Je ne voulais pas... avait commencé Mère avant de remuer la tête et de se reprendre. Je n'essayais pas de dire...

– Je m'en allais, madame, avait répété Maria, ignorant sans doute la règle qui interdisait d'interrompre Mère.

Et Maria avait franchi le seuil et couru à la voiture.

Mère avait froncé les sourcils, puis haussé les épaules, comme si tout cela n'avait plus aucune importance de toute façon.

– Allez viens, Bruno, avait-elle dit, en lui prenant la main et en fermant la maison à clef. Espérons que nous pourrons revenir un jour ici quand tout sera fini.

La voiture officielle arborant les drapeaux à l'avant les avait conduits à la gare où Bruno avait constaté qu'un large quai séparait deux voies sur lesquelles deux trains attendaient des passagers. En raison de la présence massive de soldats de l'autre côté du quai, sans compter le long baraquement du chef de gare entre les deux voies, Bruno ne put qu'apercevoir en face des cohortes de gens avant de monter dans le train avec sa famille. Le leur était très confortable et pratiquement vide. Il y avait quantité de places disponibles et l'air y circulait librement pour peu qu'on descendît la vitre. Si les deux trains n'avaient pas été orientés dans la même direction, Bruno n'aurait rien eu à y redire, mais ce n'était pas le cas : les deux trains pointaient vers l'est. Et Bruno avait envisagé de traverser le quai pour prévenir la foule de gens qu'il y avait de la place dans son wagon, mais il y avait renoncé. Son petit doigt lui avait chuchoté que, même si cette initiative n'aurait pas mis Mère en colère, Gretel aurait été à coup sûr furieuse. Ce qui eût été bien pire.

Depuis qu'il était arrivé à Hoche-Vite, dans leur nouvelle maison, Bruno n'avait pas vu son père. Il l'avait cru dans sa chambre un peu plus tôt quand la porte s'était ouverte. Mais, finalement, il s'était avéré qu'il s'agissait du jeune soldat antipathique qui l'avait regardé froidement. Bruno n'avait entendu ni la voix retentissante de Père, ni le martèlement de ses bottes sur le parquet de l'entrée. Cependant il était clair qu'il y avait des allées et venues et, au moment où il se demandait ce qu'il convenait de faire, il entendit un raffut épouvantable en provenance du rez-de-chaussée. Il se précipita sur le palier et se pencha par-dessus la rampe pour voir ce qui se passait.

Il vit que la porte du bureau de Père était ouverte et

que, devant, cinq hommes riaient et se serraient la main. Père était au centre, très élégant dans son uniforme fraîchement repassé. Et Bruno constata qu'il venait de peigner son épaisse chevelure noire et de l'enduire de gomina. En le regardant, il ressentit de la crainte et de l'admiration. L'allure des autres hommes était beaucoup moins plaisante. Ils n'étaient certainement pas aussi beaux que Père. Ni leurs uniformes aussi bien repassés. Ni leurs voix aussi retentissantes. Ni leurs bottes aussi bien cirées. Tous tenaient leur casquette glissée sous un bras et semblaient se disputer l'attention de Père. Bruno ne comprenait que des bribes de ce qu'ils disaient.

– ... n'a fait qu'accumuler les erreurs dès son arrivée. À tel point que le Fourreur n'a eu d'autre choix... dit l'un.

– ... discipline ! clama un autre. Et efficacité. Nous avons manqué d'efficacité depuis début 1942 et sans ce...

– ... incontestable, les chiffres sont incontestables. C'est incontestable, commandant... dit un troisième.

– ... et, si nous en construisons un autre, dit le dernier, imaginez ce que nous pourrions faire alors... imaginez un peu... !

Père leva la main et tous se turent instantanément. On aurait cru le chef d'une chorale.

– Messieurs, dit-il et, cette fois, Bruno comprit clairement tous les mots, car aucun homme au monde n'était capable de se faire entendre d'un bout à l'autre d'une pièce comme Père. J'apprécie vos propositions et vos encouragements. Mais le passé est le passé. Nous voici face à un nouveau départ que je vous propose de ne prendre que demain. Car, pour l'instant, je serais avisé d'aider ma famille à s'installer sinon je vais au-devant d'ennuis bien plus graves que ceux des autres, dehors, compris ?

Les hommes éclatèrent de rire et serrèrent la main de Père. Au moment de partir, ils se mirent en ligne, comme des soldats de plomb, et leurs bras se dressèrent devant eux, en un salut que Père avait appris à Bruno. Le côté de la main contre la poitrine, ils la lancèrent en l'air en criant deux mots que Bruno savait devoir prononcer chaque fois qu'on les lui disait. Puis les hommes quittèrent la maison et Père rentra dans son bureau dont l'accès n'était permis en aucune circonstance et sous aucun prétexte.

Bruno descendit lentement l'escalier et hésita derrière la porte. Il était triste que Père ne fût pas venu lui dire bonjour depuis le moment où il était arrivé à la maison. Mais il savait pour se l'être fait maintes fois répéter que Père était un homme occupé qu'on ne pouvait déranger à tout bout de champ pour des broutilles, comme lui dire bonjour. Maintenant que les soldats étaient partis, Bruno songea qu'il n'y avait sans doute plus d'inconvénient à ce qu'il frappât à la porte.

À Berlin, il n'était entré dans le bureau de Père qu'à de rares occasions, et en général parce qu'il avait été méchant et devait être grondé. Quoi qu'il en soit, la règle qui s'appliquait au bureau de Père à Berlin était une des plus importantes que Bruno ait jamais apprises et il n'était pas assez stupide pour croire qu'elle ne s'appliquait pas ici, à Hoche-Vite. Cependant, comme ils ne s'étaient pas vus depuis plusieurs jours, Bruno supposa que personne ne se formaliserait s'il frappait maintenant à la porte.

Alors il frappa. Deux fois, doucement.

Père ne l'entendit peut-être pas, à moins que Bruno n'ait pas frappé assez fort, toujours est-il que personne ne vint lui ouvrir. Alors il recommença, plus fort cette fois, et il entendit la voix tonitruante de Père crier de l'intérieur :

– Entrez !

Bruno tourna la poignée du bureau et entra, se figeant dans la pose qui lui était habituelle, les yeux écarquillés, la bouche en forme de O et les bras étirés le long du corps. Si le reste de la maison était sombre, lugubre et dénué de terrains d'exploration, il en allait tout autrement du bureau de Père. Pour commencer, le plafond était incroyablement haut et Bruno crut que ses pieds allaient s'enfoncer dans le tapis. Les murs étaient à peine visibles, car ils étaient entièrement couverts de bibliothèques en acajou sur lesquelles s'alignaient des livres, comme ceux de Berlin. Celui qui lui faisait face était percé de gigantesques fenêtres qui se prolongeaient dans le jardin, de telle manière que l'on pouvait installer un fauteuil confortable devant. Et trônant au milieu de tout cela, assis derrière un énorme bureau en chêne, Père en personne, qui leva les yeux de ses papiers à l'entrée de Bruno et lui sourit largement.

– Bruno, dit-il, en faisant le tour du bureau pour venir lui serrer fermement la main, car Père n'était pas homme à prendre quiconque dans ses bras, à la différence de Mère et de Grand-mère qui usaient trop des câlins pour que ce fût agréable, et les accompagnaient de baisers baveux. Mon garçon, ajouta-t-il après quelques secondes.

– Bonjour, Père, dit Bruno d'une petite voix, car il était impressionné par la magnificence de la pièce.

– Bruno, je m'apprêtais à venir te voir dans quelques minutes, je te promets, dit Père. J'avais une réunion à finir et une lettre à écrire. Tu as fait bon voyage ?

– Oui, Père.

– Tu as aidé ta mère et ta sœur à fermer la maison ?

– Oui, Père.

– Alors, je suis fier de toi, dit Père avec approbation. Assieds-toi, mon garçon.

Père lui indiqua un large fauteuil qui se trouvait en face de son bureau et quand Bruno grimpa dessus, ses pieds ne touchèrent plus terre. Père se rassit et regarda Bruno. Ils restèrent sans rien dire un moment, puis Père se décida à briser le silence.

– Alors, dit-il, qu'est-ce que tu en penses ?

– Qu'est-ce que j'en pense ? demanda Bruno. De quoi ?

– De notre nouvelle maison. Tu l'aimes ?

– Non, répondit vivement Bruno, qui s'efforçait toujours d'être honnête et savait que, s'il avait hésité, ne serait-ce qu'une seconde, il n'aurait plus eu l'aplomb de dire ce qu'il pensait vraiment. À mon avis, nous devrions rentrer chez nous, ajouta-t-il courageusement.

Le sourire de Père se referma et il retourna à sa lettre un instant, puis leva à nouveau les yeux sur Bruno, comme s'il avait pesé sa réponse.

– Nous sommes chez nous, Bruno, finit-il par dire d'une voix douce. Hoche-Vite est notre nouvelle maison.

– Mais quand pourrons-nous rentrer à Berlin ? demanda Bruno, abattu par les paroles de son père. C'était tellement plus agréable là-bas.

– Allons, allons, dit Père, qui ne voulait rien entendre de tel. Trêve de bêtises. Une maison n'est pas un édifice ni une rue ni une ville ni quelque chose d'aussi factice que des briques et du ciment. Une maison est l'endroit où une famille est réunie, n'ai-je pas raison ?

– Si, mais...

– Et notre famille est réunie ici, Bruno. *Ergo*, ceci est notre maison.

Bruno ne connaissait pas la signification de *ergo*, mais n'en avait pas besoin car il avait une réponse parfaite pour Père.

– Mais Grand-père et Grand-mère sont restés à Berlin. Et pourtant ils font partie de la famille. Donc Hoche-Vite ne peut pas être notre maison.

Père réfléchit à la question et hocha la tête. Il attendit un long moment avant de répondre.

– Oui, Bruno. Ils font partie de la famille. Seulement, toi, Mère, Gretel et moi sommes les personnes les plus importantes de cette famille et c'est ici que nous vivons désormais. À Hoche-Vite. Et ne prends pas cet air triste ! (Car Bruno avait effectivement l'air triste.) Tu n'as pas laissé la moindre chance à cette maison. Tu t'y feras très bien.

– Je ne l'aime pas, persista Bruno.

– Bruno... dit Père d'une voix lasse.

– Il n'y a pas Karl ni Daniel ni Martin, et pas de maisons autour de la nôtre, ni de marchands de fruits et légumes, ni de rues, ni de cafés avec des tables dehors et personne pour vous bousculer le samedi après-midi.

– Bruno, il arrive que, dans la vie, on soit obligé de faire des choses que l'on n'a pas choisies, dit Père. (Bruno comprit qu'il commençait à se lasser de la conversation.) Et je crains que Hoche-Vite n'en soit une. Ceci est mon travail, un travail important. Pour notre pays. Pour le Fourreur. Un jour, tu comprendras.

– Je veux rentrer à la maison, dit Bruno.

Il sentit les larmes lui monter aux yeux car il voulait à tout prix que Père se rendît compte que Hoche-Vite était abominable et reconnût qu'il était temps de partir.

– Il faut que tu comprennes que tu es à la maison, dit Père, à la grande déception de Bruno. Il en sera ainsi pour un laps de temps indéterminé.

Bruno ferma les yeux. Il lui était rarement arrivé d'insister aussi lourdement pour se faire entendre, et il n'était certainement jamais venu trouver Père avec un tel désir de le faire changer d'avis. Mais l'idée de rester ici, l'idée d'avoir à vivre dans un endroit aussi affreux où il n'y avait personne avec qui jouer, était insupportable. Lorsqu'il rouvrit les yeux, Père faisait le tour de son bureau pour s'installer dans un fauteuil à côté du sien. Bruno le regarda ouvrir un étui en argent, prendre une cigarette, en tapoter l'extrémité sur son bureau et l'allumer.

– Je me souviens que, lorsque j'étais petit, je ne voulais pas faire certaines choses. Mais, quand mon père me disait qu'il était préférable pour tout le monde que je m'y mette, je m'y mettais.

– Quel genre de choses ? demanda Bruno.

– Je ne sais pas, dit Père en haussant les épaules. Ce n'est plus d'actualité, de toute façon. J'étais un enfant et j'ignorais ce qui était bien pour moi. Il m'arrivait, par exemple, de ne pas vouloir rester à la maison pour finir mes devoirs. Je préférais jouer dehors avec mes amis, comme toi. Rétrospectivement, je me rends compte que j'étais un idiot.

– Alors, vous devinez ce que je ressens, dit Bruno, plein d'espoir.

– Oui, mais j'avais compris que mon père, ton grand-père, était le mieux placé pour savoir ce qui me convenait. Et, chaque fois que je l'acceptais, je m'en trouvais plus heureux. Crois-tu que j'aurais aussi bien réussi dans la vie si je n'avais pas su quand discuter, et quand me taire et suivre les ordres ? Le comprends-tu, toi, Bruno ?

Bruno regarda autour de lui et ses yeux se posèrent sur une des fenêtres qui donnait sur l'abominable paysage.

– Avez-vous fait quelque chose de mal ? demanda-t-il. Quelque chose qui aurait mis le Fourreur en colère ?

– Moi ? dit Père, en le regardant avec surprise. Que veux-tu dire ?

– Avez-vous commis une erreur ? Tout le monde dit que vous êtes un homme important et que le Fourreur a de grands projets pour vous. Mais il ne vous aurait pas envoyé dans un endroit pareil si vous n'aviez pas fait quelque chose dont il voudrait vous punir.

Père éclata de rire, ce qui ajouta à la perplexité de Bruno. Rien ne le mettait plus en colère qu'un adulte se moquant de son ignorance. Surtout quand il tentait de trouver des réponses.

– Tu ne mesures pas l'importance de mon travail, dit Père.

– Vous avez forcément fait une bêtise si nous devons tous quitter une maison très agréable, et nos amis, pour venir vivre dans un endroit affreux. Vous avez dû faire une erreur et vous devriez aller vous excuser auprès du Fourreur. Et peut-être que l'incident serait clos. Qu'il vous pardonnerait, si vous étiez vraiment sincère.

Les mots étaient sortis de sa bouche avant qu'il n'eût réfléchi à leur sens. Une fois prononcés, ils flottèrent dans l'air, et Bruno prit conscience de l'incongruité de les avoir adressés à Père. Mais trop tard, ils avaient été dits et rien ne pourrait les retirer. Il déglutit nerveusement, puis se tourna vers son père. Ce dernier le dévisageait d'un air impassible et Bruno se passa la langue sur les lèvres en baissant les yeux. Il sut d'instinct qu'il aurait été déplacé de soutenir son regard.

Après quelques minutes de silence inconfortable, Père se leva lentement et retourna derrière son bureau, en posant sa cigarette sur un cendrier.

– Je me demande si tu es courageux, dit-il calmement au bout de quelques instants, comme s'il réfléchissait à la question, ou si tu es simplement irrespectueux. Après tout, ce n'est peut-être pas une si mauvaise chose.

– Je ne voulais pas...

– Maintenant, tu te tais, dit Père en l'interrompant d'une voix forte, car aucune règle de la vie d'une famille normale ne s'appliquait à lui. Je me suis montré très prévenant à l'égard de tes sentiments, Bruno, parce que je sais combien ce déménagement t'est difficile. Et j'ai écouté ce que tu avais à dire, même si ta jeunesse et ton inexpérience te conduisent à t'exprimer de manière insolente. Tu auras remarqué que je n'ai pas réagi. Mais le moment est venu d'accepter simplement que...

– Je ne peux pas l'accepter ! cria Bruno, en clignant des yeux sous l'effet de la surprise, stupéfait de s'entendre crier.

Une réelle surprise en effet. Il se raidit, prêt à fuir le cas échéant, mais aujourd'hui rien ne semblait mettre Père en colère. Et si Bruno était honnête avec lui-même, il aurait reconnu qu'il avait rarement recours à la colère, préférant sombrer dans le silence et devenir distant. Pourtant, il arrivait toujours à ses fins. Et plutôt que de le gronder ou lui courir après dans toute la maison, Père secoua la tête et lui fit comprendre que la discussion touchait à sa fin.

– Va dans ta chambre, Bruno, dit-il d'une voix tellement posée que Bruno sut qu'il ne plaisantait pas.

Il se leva, en refoulant des larmes de frustration, et avança vers la porte. Mais, avant de sortir, il se retourna vers son père pour lui poser une dernière question.

– Père ?

– Bruno, je ne vais pas... commença-t-il d'un ton irrité.

– Il ne s'agit pas de cela, dit vivement Bruno. J'ai encore une question.

Père soupira, mais l'invita à la poser, sachant qu'ensuite le sujet serait clos. Et inutile de discuter.

Bruno réfléchit à la bonne formulation pour ne paraître ni grossier ni désobligeant.

– Qui sont ces gens dehors ? finit-il par dire.

Père pencha la tête de côté, un peu embarrassé par la question.

– Des soldats, Bruno. Des secrétaires. Du personnel. Tu en as déjà vu.

– Non, pas ceux-là, dit-il. Les gens que je vois de ma fenêtre, dans les baraques, au loin. Ils sont tous habillés pareil.

– Ah, ceux-là, dit Père, en hochant la tête, avec un léger sourire. Ces gens... ce ne sont pas des gens, Bruno.

Bruno fronça les sourcils.

– Ce ne sont pas des gens ? demanda-t-il, doutant de ce que Père voulait dire.

– Du moins, pas comme nous l'entendons, poursuivit Père. Mais, pour l'instant, tu ne devrais pas t'en occuper. Ils n'ont rien à voir avec toi. Et tu n'as absolument rien en commun avec eux. Contente-toi de t'installer dans ta nouvelle maison et de bien te conduire, c'est tout ce que je demande. Accepte la situation et tout ira mieux.

– Oui, Père, dit Bruno, que la réponse ne satisfaisait pas.

Il ouvrit la porte, mais Père le rappela. Il était debout, le sourcil levé, comme pour signifier à Bruno qu'il avait oublié quelque chose. Cette chose lui revint à l'esprit dès que Père la lui suggéra. Alors il prononça la formule consacrée et fit exactement les mêmes gestes que lui.

Il ramena les pieds l'un contre l'autre, tendit le bras droit en l'air, fit claquer ses talons et dit les mots de circonstance à prononcer chaque fois qu'il prenait congé d'un soldat, d'une voix grave et claire (aussi ressemblante que possible à celle de Père).

– *Heil Hitler !* lança-t-il, supposant que c'était une autre façon de dire : « Au revoir. Et bon après-midi. »

CHAPITRE 6

LA BONNE TROP BIEN PAYÉE

Quelques jours plus tard, Bruno était allongé sur son lit, en train de fixer le plafond au-dessus de sa tête. La peinture blanche se fissurait et partait en lambeaux de vilaine manière, à la différence de la maison de Berlin où elle ne s'écaillait jamais et était rafraîchie tous les étés lorsque Mère faisait venir les peintres. Cet après-midi-là, Bruno était donc étendu et observait les lézardes du plafond, plissant les yeux pour deviner ce qui se cachait derrière. Il imagina des insectes vivant entre le plafond et la peinture, des insectes qui poussaient dessus pour la faire craquer et s'entrouvrir, afin de créer un passage par lequel se faufiler et repérer une fenêtre par où s'échapper. Personne ne pourrait avoir envie de vivre à Hoche-Vite, songea Bruno, pas même un insecte.

– Tout est horrible ici, dit-il à voix haute, bien qu'il n'y eût personne pour l'écouter, mais il en fut rasséréné. Je hais cette maison. Je hais ma chambre et je hais même la peinture. Je la hais du sol au plafond. Je hais tout.

Au moment où il finissait sa phrase, Maria entra dans la chambre, les bras chargés de vêtements propres, secs et repassés. Elle hésita un instant en le voyant allongé sur le lit, puis baissa la tête et avança lentement vers l'armoire.

– Bonjour, dit Bruno.

Car, bien que parler à une bonne ne fût pas la même chose que parler avec des amis, Bruno n'avait personne d'autre avec qui bavarder et, de toute façon, c'était plus malin que de parler tout seul. Gretel avait disparu on ne sait où et Bruno craignait de devenir fou d'ennui.

– Monsieur Bruno, dit doucement Maria, en séparant maillots de corps, pantalons et slips, puis en les rangeant sur des étagères et dans des tiroirs différents.

– Je me doute que vous êtes aussi malheureuse que moi de ces nouvelles dispositions, dit Bruno. (Maria se retourna pour le regarder avec une expression qui laissait penser qu'elle n'avait pas compris de quoi il parlait.) De ceci, expliqua-t-il, en s'asseyant et en regardant autour de lui. Hoche-Vite. C'est horrible, n'est-ce pas ? Vous ne détestez pas, vous ?

Maria ouvrit la bouche pour dire quelque chose et la referma aussitôt, comme si elle avait réfléchi soigneusement à sa réponse, choisi les mots appropriés, s'était préparée à les prononcer, puis s'était ravisée et les avait rejetés tous en bloc. Bruno la connaissait depuis toujours (elle était entrée au service de la famille alors qu'il avait à peine trois ans) et, dans l'ensemble, il s'entendait bien avec elle. Mais, jusqu'à présent, Maria n'avait pas montré de signes de vie propre, se contentant de faire son travail, frotter les meubles, laver le linge, donner un coup de main pour les courses et la cuisine, l'accompagner parfois à l'école et venir le chercher, bien que ce fût plutôt le cas quand il avait huit ans. À neuf ans, Bruno avait décrété qu'il était assez grand pour se rendre tout seul à l'école.

– Cela ne vous plaît donc pas ? finit-elle par dire.

– Me plaire ? répondit Bruno, avec un petit rire. Me plaire ? répéta-t-il, plus fort cette fois. Évidemment que cela ne me plaît pas ! C'est horrible. Il n'y a rien à faire, personne à qui parler, personne avec qui jouer. Vous n'allez quand même pas me dire que vous êtes heureuse de ce déménagement ?

– J'ai toujours aimé le jardin de la maison de Berlin, dit Maria, répondant à une tout autre question. Parfois, l'après-midi, quand il faisait chaud, j'aimais bien m'asseoir au soleil et prendre mon déjeuner sous le lierre grimpant, près de la mare. Les fleurs étaient très belles. Je me rappelle leurs parfums. Les abeilles qui tournaient autour et ne vous ennuyaient jamais pour peu qu'on les laisse tranquilles.

– Donc, vous n'aimez pas Hoche-Vite, insista Bruno. Vous pensez, comme moi, que c'est horrible ?

Maria fronça les sourcils.

– Ce n'est pas important, dit-elle.

– Qu'est-ce qui n'est pas important ?

– Ce que je pense.

– Mais bien sûr que si, c'est important, dit Bruno d'un ton irrité, comme si Maria y mettait de la mauvaise volonté. Vous faites partie de la famille, que je sache.

– Je ne pense pas que votre père apprécierait cela, dit Maria, en s'autorisant un petit sourire, car les paroles de Bruno l'avaient touchée.

– Vous forcer à venir ici, contre votre gré, comme moi. Nous sommes tous dans le même bateau. Et ce bateau coule.

L'espace d'un instant, Bruno crut que Maria allait vraiment exprimer le fond de sa pensée. Elle posa le reste des vêtements sur le lit et serra les poings, comme en proie à une terrible colère. Puis elle ouvrit la bouche, mais se figea, de crainte de ce qu'elle pourrait dire si elle s'autorisait à parler.

– S'il vous plaît, Maria, dites-moi, la supplia Bruno. Parce que, si nous pensons tous la même chose, nous pourrons peut-être convaincre Père de nous ramener à la maison.

Maria détourna les yeux en silence et secoua la tête avec tristesse, puis revint à Bruno.

– Votre père sait ce qui est le mieux, dit-elle. Il faut lui faire confiance.

– Je n'en suis plus si sûr, dit Bruno. Je pense qu'il a fait une erreur colossale.

– Alors c'est une erreur avec laquelle nous devrons vivre.

– Si je fais une bêtise, je suis puni, insista Bruno, furieux que les règles qui s'appliquent toujours aux enfants ne concernent jamais les adultes (bien qu'ils en soient les auteurs). Idiot de Père, marmonna-t-il dans sa barbe.

Maria écarquilla les yeux et avança d'un pas vers lui, se cachant la bouche derrière les mains en signe d'horreur. Puis elle regarda autour d'elle pour s'assurer que personne ne les écoutait ni n'avait entendu la déclaration de Bruno.

– Vous ne devez jamais dire cela, déclara-t-elle. Ne dites jamais ce genre de choses à propos de votre père.

– Je ne vois pas pourquoi, dit Bruno, qui se sentait un peu honteux, mais n'avait aucune envie de se faire gronder sans réagir alors que personne ne tenait compte de son opinion.

– Parce que votre père est un homme bon, dit Maria, un homme très bon même. Il prend soin de nous.

– En nous faisant venir ici, dans ce trou perdu ? Est-ce cela, prendre soin de nous ?

– Votre père a fait beaucoup de choses dont vous devriez être fier, dit-elle. Sans lui, où serais-je aujourd'hui ?

– À Berlin, je suppose, dit Bruno. Travaillant dans une agréable maison. Prenant votre déjeuner sous le lierre en laissant les abeilles tranquilles.

– Vous ne vous rappelez pas le moment où je suis arrivée chez vous, n'est-ce pas ? demanda-t-elle doucement, en s'asseyant au bord du lit, ce qu'elle n'avait jamais fait. Comment le pourriez-vous ? Vous n'aviez que trois ans. Votre père m'a embauchée et aidée à un moment où j'en avais besoin. Il m'a donné du travail, un toit, de quoi manger. Vous ne pouvez pas imaginer ce que c'est que d'avoir faim. Vous n'avez jamais eu faim.

Bruno fronça les sourcils. Il lui aurait bien fait remarquer que c'était le cas en ce moment même, mais il choisit de la regarder et se rendit compte pour la première fois qu'il ne l'avait jamais considérée comme une personne avec une vie et une histoire personnelles. Jusqu'ici, Maria n'était rien d'autre après tout (de ce qu'il en savait) que la bonne de la famille. Il n'était même pas certain de l'avoir vue habillée autrement que dans son uniforme de domestique. Mais à y réfléchir, ce qu'il faisait, il dut reconnaître que la vie de Maria ne s'arrêtait sans doute pas à le servir, lui et sa famille. Elle devait avoir des pensées, comme lui, des choses qui lui manquaient, des amis qu'elle avait envie de revoir, comme lui. Et elle avait dû pleurer tous les soirs en s'endormant depuis son arrivée à Hoche-Vite, comme certains garçons moins grands et moins courageux que lui. Sans compter qu'elle était plutôt jolie, remarqua-t-il, avec une drôle de sensation.

– Ma mère connaissait votre père quand il avait votre âge, dit Maria au bout de quelques secondes. Elle travaillait pour votre grand-mère. Elle était son habilleuse à l'époque où votre grand-mère partait en tournée en Allemagne pendant sa jeunesse. Ma mère s'occupait de ses costumes de scène. Elle les lavait, les repassait, les reprisait. Des vêtements magnifiques. Si vous aviez vu la couture, Bruno ! Un travail d'artiste. La coupe. Plus personne ne sait faire cela de nos jours. (Elle secoua la tête et sourit à ce souvenir, tandis que Bruno écoutait patiemment.) Ma mère faisait en sorte que les costumes soient sortis et prêts au moment où votre grand-mère arrivait dans sa loge avant un concert. Et quand celle-ci a pris sa retraite, ma mère est évidemment restée en bons termes avec elle, elle a même reçu une petite pension. Mais les temps étaient durs et votre père m'a proposé du travail, le premier de ma vie. Quelques mois plus tard, ma mère est tombée gravement malade et son état a nécessité de nombreux séjours à l'hôpital. Votre père s'est occupé de tout, bien qu'il n'y fût pas obligé. Il a payé de sa poche, parce que ma mère avait été l'amie de la sienne. C'est aussi pour cela qu'il m'a fait entrer chez lui. Et quand ma mère est morte, il a payé les frais d'obsèques. Alors, Bruno, ne traitez jamais votre père d'« idiot ». Pas en ma présence. Je ne le tolérerai pas.

Bruno se mordit la lèvre. Il avait espéré que Maria

prendrait son parti dans sa campagne pour s'échapper de Hoche-Vite, mais il savait maintenant à qui allait sa loyauté. Et il devait reconnaître qu'en entendant son histoire, il avait été fier de son père.

– Alors, lâcha-t-il finalement, incapable de trouver quelque chose d'intelligent à dire sur le moment, j'avoue que c'était gentil de sa part.

– Oui, dit Maria, qui se levait et allait à la fenêtre d'où Bruno voyait les baraquements et les gens dans le lointain. Il a été très gentil avec moi, reprit-elle d'une voix douce, en regardant au loin les gens et les soldats vaquer à leurs affaires. Son âme est vraiment pleine de tendresse. C'est pourquoi je me demande…

Ses mots moururent sur ses lèvres et sa voix se brisa, elle semblait être sur le point de pleurer.

– Vous vous demandez quoi ? demanda Bruno.

– Je me demande ce qu'il… comment il peut…

– Comment il peut quoi ? insista Bruno.

Une porte claqua au rez-de-chaussée avec une telle violence que le bruit résonna dans toute la maison, comme un coup de feu. Bruno fit un bond et Maria poussa un cri. Bruno entendit des pas dans l'escalier, de plus en plus rapides. Il regagna aussitôt son lit, le dos collé au mur, subitement affolé à l'idée de ce qui allait se passer. Il retint son souffle, prêt à subir des remontrances, mais ce n'était que Gretel, le cas désespéré. Sa sœur passa la tête par la porte et fut surprise de trouver son frère et la bonne de la famille en pleine conversation.

– Qu'est-ce qui se passe ? demanda-t-elle.

– Rien, dit Bruno sur la défensive. Qu'est-ce que tu veux ? Sors.

– Sors toi-même, répondit-elle, bien qu'il fût dans sa chambre. (Puis elle se tourna vers Maria et la regarda en plissant les yeux d'un air soupçonneux.) Faites-moi couler un bain, Maria, je vous prie, ajouta-t-elle.

– Pourquoi tu ne le fais pas toi-même ? demanda Bruno.

– Parce qu'elle est la bonne, dit Gretel, en fixant son frère d'un œil mauvais. Elle est là pour ça.

– Non, elle n'est pas là pour ça, cria Bruno, en se levant et en marchant sur sa sœur. Elle n'est pas là uniquement pour faire des choses pour nous, surtout pas celles que nous pouvons faire nous-mêmes.

Gretel le regarda comme s'il était devenu fou, puis elle se tourna vers Maria, qui secouait la tête énergiquement.

– Bien sûr, mademoiselle Gretel. Je finis de ranger les vêtements de votre frère et je m'occupe de vous tout de suite.

– Ne tardez pas, dit Gretel sur un ton grossier (car, à la différence de Bruno, elle ne s'était jamais arrêtée pour réfléchir au fait que Maria était une personne avec des sentiments, comme elle), puis elle retourna dans sa chambre et ferma la porte.

Maria ne la regarda pas partir, mais elle rougit.

– Je continue de penser que Père a fait une terrible erreur, dit doucement Bruno au bout de quelques minutes au cours desquelles il avait été tenté de présenter ses excuses à Maria pour le comportement de sa sœur, mais n'avait pas réussi à déterminer si c'était une bonne ou une mauvaise chose.

Ce genre de situations le mettait mal à l'aise. Parce que, au fond de lui, il savait que rien ne justifiait qu'on soit impoli avec quelqu'un, même si cette personne était à votre service. Après tout, les bonnes manières n'étaient pas faites pour les chiens.

– Vous pouvez le penser mais ne le dites pas, lui répondit Maria qui avançait vers lui avec l'air de vouloir lui mettre du plomb dans la cervelle. Promettez-moi de ne jamais le faire.

– Mais pourquoi ? demanda-t-il d'un air renfrogné. J'exprime seulement mes sentiments. J'en ai bien le droit, n'est-ce pas ?

– Non, répondit Maria. Vous n'en avez pas le droit.

– Je n'ai pas le droit d'exprimer mes sentiments ? répéta-t-il, incrédule.

– Non, le supplia Maria d'une voix rauque. Pas un mot là-dessus, Bruno. Vous n'avez pas idée des ennuis que vous causeriez. À tout le monde.

Bruno la regarda avec intensité. Il vit dans ses yeux quelque chose qu'il n'y avait jamais vu auparavant, une inquiétude fébrile, qui l'ébranla.

– Bien, marmonna-t-il, puis il se leva et marcha vers la porte, soudain impatient de s'éloigner d'elle. Je disais seulement que je n'aimais pas Hoche-Vite, c'est tout. C'était histoire de faire la conversation pendant que vous rangiez mes vêtements. Je ne projette pas de m'enfuir ni quoi que ce soit. Cela dit, si je décidais de le faire, personne ne pourrait me critiquer.

– Et vous feriez mourir vos parents d'inquiétude ? demanda Maria. Bruno, si vous avez deux sous de jugeote, restez tranquille, concentrez-vous sur vos études et obéissez à votre père. Nous devons nous prémunir contre le danger en attendant que tout cela soit fini. En tout cas, c'est mon intention. Que faire d'autre, de toute façon ? Ce n'est pas à nous de changer les choses.

Soudain et sans savoir pourquoi, Bruno se sentit submergé par une envie de pleurer. Il en fut surpris et s'empressa de cligner des yeux afin que Maria ne devinât pas son trouble. Cependant, en croisant son regard, il songea qu'il devait y avoir quelque chose d'étrange dans l'air ce jour-là pour que Maria eût, elle aussi, les larmes aux yeux. Son malaise augmentant, Bruno tourna les talons et partit vers la porte.

– Où allez-vous ? demanda-t-elle.

– Dehors, dit Bruno en colère. Si cela vous intéresse.

Il était parti lentement mais, une fois sorti, il se rua vers l'escalier et descendit les marches quatre à quatre, sentant brusquement que, s'il ne quittait pas rapidement cette maison, il allait s'évanouir. Il fut dehors en quelques secondes et partit comme une flèche dans l'allée, impatient d'agir, de faire quelque chose qui l'épuisât. Au loin, il aperçut le portail qui conduisait à la route, qui conduisait au train, qui conduisait à la maison. Mais la perspective de le franchir, de s'enfuir et d'être livré à lui-même, seul, était plus déplaisante encore que celle de rester.

CHAPITRE 7

MÈRE S'ATTRIBUE LE MÉRITE DE QUELQUE CHOSE QU'ELLE N'A PAS FAIT

Plusieurs semaines après son arrivée à Hoche-Vite avec sa famille et sans la moindre perspective de visite de Karl, Daniel ou de Martin, Bruno décida qu'il était temps de trouver un moyen de se distraire, sinon il allait sombrer dans la folie.

La seule personne qu'il avait jugée folle était M. Roller, un homme à peu près du même âge que Père, qui habitait Berlin non loin de chez eux. Il n'était pas rare de le voir arpenter la rue dans un sens, puis dans l'autre, à toute heure du jour ou de la nuit, engagé dans des conversations animées avec lui-même. Parfois, au milieu d'une de ces discussions, la dispute dégénérait et M. Roller s'escrimait alors à vouloir frapper une ombre, qu'il avait plaquée au mur. Il arrivait même qu'il saignât des poings à force de taper sur les briques. À la suite de cela, il tombait à genoux et se mettait à pleurer à gros sanglots en se donnant de grands coups sur la tête. En de rares occasions, Bruno l'avait entendu prononcer des mots qu'il avait interdiction de dire et, dans ces cas-là, il avait bien du mal à se contrôler pour ne pas rire.

– Tu ne devrais pas te moquer de ce pauvre M. Roller, lui avait dit Mère après que Bruno lui avait fait le récit de ses dernières frasques. Tu ne sais pas ce qu'il a vécu.

– Il est fou, avait répondu Bruno, en décrivant des cercles sur sa tempe avec le doigt et en sifflant pour illustrer la démence dans laquelle il tenait M. Roller. L'autre jour, il est allé trouver une chatte dans la rue et il l'a l'invitée à prendre le thé.

– Et qu'a répondu la chatte ? avait demandé Gretel qui se faisait un sandwich à l'autre bout de la cuisine.

– Rien, avait rétorqué Bruno. C'était une chatte.

– Je ne plaisante pas, avait insisté Mère. Franz était un jeune homme adorable. Je le connaissais quand j'étais petite. Il était gentil et attentionné, et n'avait rien à envier à Fred Astaire sur une piste de danse. Seulement, il a été grièvement blessé à la tête pendant la Grande Guerre, et c'est pour cela qu'il se comporte ainsi aujourd'hui. Il n'y a pas de quoi rire. Tu n'as pas idée des épreuves que ces jeunes gens ont traversées, de leurs souffrances.

Bruno n'avait que six ans à l'époque et n'avait pas compris à quoi Mère faisait référence.

– C'était il y a longtemps, avait-elle expliqué après que Bruno l'avait interrogée à ce sujet. Avant ta naissance. Franz était parmi les jeunes gens qui ont combattu pour nous dans les tranchées. Ton père le connaissait bien. Il me semble qu'ils ont servi ensemble.

– Et que lui est-il arrivé ? avait demandé Bruno.

– Cela n'a pas d'importance, avait dit Mère. La guerre n'est pas un sujet de conversation. Je crains que d'ici peu nous ne passions trop de temps à en parler.

Cela s'était déroulé un peu plus de trois ans avant que Bruno n'arrivât à Hoche-Vite et, entre-temps, il n'avait pas beaucoup pensé à M. Roller. Mais il fut soudain convaincu que, s'il ne faisait pas quelque chose de sensé, qui fît travailler ses méninges, il finirait très vite par arpenter les rues, se battre avec lui-même et inviter des animaux domestiques à venir dîner chez lui.

Décidé à se distraire, il passa un samedi interminable à se fabriquer un jeu. À quelque distance de la maison (du côté de Gretel et donc impossible à voir du sien), il y avait un beau chêne dont le tronc était très large, un arbre immense avec de grosses branches, assez solides pour supporter le poids d'un petit garçon. L'arbre semblait si vieux que Bruno décréta qu'il datait de la fin du Moyen Âge, une époque qu'il avait étudiée récemment et adorait. En particulier les histoires de chevaliers qui partaient pour de lointaines contrées où ils faisaient des découvertes passionnantes.

Pour son jeu, Bruno n'avait besoin que de corde et d'un pneu. La corde était facile à trouver car il y en avait à la cave. Et, en un rien de temps, il se rendit coupable d'un acte parfaitement dangereux qui consistait à prendre un couteau aiguisé et à couper autant de corde que nécessaire. Son forfait accompli, il transporta les bouts de corde près du chêne et les laissa tomber au pied de l'arbre pour plus tard. Trouver un pneu était une autre affaire.

Ce matin-là, Père n'était pas à la maison et Mère non plus. Elle était partie aux aurores prendre un train qui allait à la ville voisine où elle comptait passer la journée pour se changer les idées. Quant à Père, Bruno l'avait vu partir vers les baraquements et les gens qu'il voyait de sa fenêtre dans le lointain. Cependant, comme d'habitude, des camions et des Jeep de soldats étaient garés à proximité de la maison. Bruno était bien conscient qu'il ne pouvait voler un de leurs pneus, mais il n'écartait pas l'hypothèse d'en trouver un de rechange.

Il sortit de la maison et aperçut Gretel en grande conversation avec le lieutenant Kotler. Sans réel enthousiasme, il décida que le lieutenant était l'homme de la situation. C'était le jeune officier qu'il avait vu au cours de sa première journée à Hoche-Vite. Le soldat qui était apparu sur le palier du premier étage et l'avait regardé, puis s'était contenté de hocher la tête et de continuer son chemin. Bruno l'avait revu à maintes occasions (il entrait et sortait de la maison comme s'il était chez lui et, par ailleurs, l'accès au bureau de Père ne lui était visiblement pas interdit), mais il ne lui avait pratiquement jamais adressé la parole. Bruno ne savait pas exactement pourquoi, mais il n'aimait pas le lieutenant Kotler. Il se dégageait de lui quelque chose qui le glaçait et lui donnait envie d'enfiler un pull-over. Quoi qu'il en soit, Kotler était le seul qu'il pouvait solliciter. Il rassembla donc toute l'assurance dont il était capable et se prépara à aller lui dire bonjour.

Le jeune lieutenant était généralement très élégant et marchait à grandes enjambées dans un uniforme qu'on aurait cru repassé sur lui. Il avait des bottes noires étincelantes à force d'être cirées, et des cheveux d'un blond jaune séparés par une raie de côté et enduits d'un produit fixant qui faisait ressortir les marques du peigne, comme un champ labouré. De plus, le lieutenant Kotler mettait de telles quantités d'eau de Cologne qu'on le sentait venir à des mètres de distance. Bruno avait appris à ne pas se placer sous le vent quand il était à côté de lui au risque de s'évanouir.

Mais ce jour-là, un samedi de grand beau temps, la tenue du lieutenant Kotler était relâchée. Il était en tricot de corps blanc et pantalon, et ses cheveux semblaient retomber d'épuisement sur son front. Il avait les bras bizarrement hâlés et des muscles que Bruno lui enviait. Il fut surpris de lui trouver un air si jeune. Il lui faisait penser aux grands de l'école, qu'il était prudent d'éviter. Le lieutenant bavardait avec Gretel. Et ses paroles étaient sans doute désopilantes, car elle riait à gorge déployée, tout en entortillant une mèche de cheveux autour de son doigt.

– Bonjour, dit Bruno, en approchant, au grand agacement de sa sœur.

– Qu'est-ce que tu veux ? demanda-t-elle.

– Je ne veux rien, répliqua-t-il, en lui jetant un regard noir. Je viens juste dire bonjour.

– Je vous prie d'excuser mon petit frère, Kurt, dit Gretel au lieutenant Kotler. Il n'a que neuf ans.

– Bonjour, petit homme, dit le lieutenant en tendant la main pour, quelle horreur, lui ébouriffer les cheveux. (Ce qui donna envie à Bruno de le faire tomber par terre et de lui sauter sur la tête à pieds joints.) Et pourquoi es-tu debout de si bonne heure, un samedi ?

– Il n'est pas très tôt, dit Bruno. Il est presque dix heures.

Le lieutenant Kotler haussa les épaules.

– Quand j'avais ton âge, ma mère n'arrivait pas à me sortir du lit avant midi. Elle disait que je ne deviendrais jamais grand et fort si je passais ma vie à dormir.

– Elle avait tort, apparemment ! minauda Gretel.

Bruno la regarda d'un air dégoûté. Sa sœur avait pris une voix idiote qui incitait à penser qu'elle n'avait pas une once de cervelle. Il n'aurait rien demandé de mieux que de les laisser à leur conversation dont il se désolidarisait complètement. Mais il n'avait d'autre choix que de faire passer ses intérêts en premier et demander l'impensable au lieutenant Kotler : une faveur.

– Puis-je vous demander une faveur ? demanda-t-il.

– Tu peux, répondit l'officier, ce qui provoqua à nouveau l'hilarité de Gretel et, pourtant, il n'y avait pas de quoi rire.

– Je me demandais si vous auriez un pneu de rechange, un pneu de Jeep, peut-être, ou de camion, un pneu dont vous ne vous serviriez pas.

– Le seul que j'ai vu récemment appartient au sergent Hoffschneider, et il le porte autour de la taille, dit le lieutenant Kotler, avec l'ébauche d'un improbable sourire.

Cette réponse n'avait aucun sens pour Bruno, mais elle amusa tellement Gretel qu'elle semblait prête à danser sur place.

– Il s'en sert ? dit Bruno.

– Le sergent Hoffschneider ? demanda Kotler. J'en ai bien peur. Il est très attaché à son pneu.

– Arrêtez, Kurt, dit Gretel en s'essuyant les yeux. Il ne comprend pas. Il n'a que neuf ans.

– Tais-toi ! cria Bruno, en se tournant vers sa sœur. (C'était déjà assez dur d'avoir à demander une faveur au lieutenant Kotler, sans qu'elle aggravât la situation en se moquant de lui.) Tu n'as que douze ans, de toute façon, ajouta-t-il. Alors, cesse de faire semblant d'être plus vieille.

– J'en ai presque treize, Kurt, rétorqua-t-elle, toute hilarité disparue et le visage figé d'horreur. J'aurai treize ans dans quelques semaines. Je suis une adolescente. Comme vous.

Le lieutenant sourit et hocha la tête, mais ne dit rien. Si Bruno s'était trouvé en face de n'importe quel adulte, il aurait levé les yeux au ciel pour lui signifier qu'il partageait la même opinion que lui sur les filles : à savoir qu'elles étaient idiotes et les sœurs, complètement ridicules. Mais le lieutenant Kotler n'était pas n'importe quel adulte. Il était le lieutenant Kotler.

– À part celui-là, dit Bruno, en passant outre le regard de colère que Gretel dardait sur lui, y a-t-il d'autres pneus de rechange ?

– Bien sûr, dit Kotler dont le sourire s'était évanoui et qui semblait soudain las de toute cette histoire. Que comptes-tu en faire ?

– Je veux me fabriquer une balançoire, répondit Bruno. Avec de la corde et un pneu, sur une branche d'arbre.

– Je vois, dit l'officier, en hochant doctement la tête, comme si les balançoires étaient reléguées au rang de souvenirs lointains, en dépit du fait qu'il n'était qu'un adolescent, comme l'avait fait remarquer Gretel. Je me faisais aussi des balançoires quand j'étais petit. Nous passions de joyeux après-midi avec mes amis à jouer dessus.

Bruno fut stupéfait de constater que le lieutenant Kotler avait quelque chose en commun avec lui (et encore plus surpris d'apprendre qu'il avait eu des amis).

– Qu'en pensez-vous ? demanda-t-il. Y en a-t-il un quelque part ?

Le lieutenant Kotler considéra Bruno d'un air pénétré, comme s'il hésitait entre lui donner une réponse directe ou essayer de le mettre en colère comme d'habitude. Mais, au même moment, le lieutenant aperçut Pavel qui arrivait à la maison. Pavel était le vieil homme qui venait tous les après-midi aider à éplucher les légumes pour le dîner, puis enfilait sa veste blanche et les servait à table. Et son apparition le décida.

– Hé ! Toi ! cria-t-il, en ajoutant un mot dont le sens échappa à Bruno. Viens par ici, espèce de « ... », dit-il, en répétant le mot.

Et, à la dureté qu'il contenait, Bruno détourna les yeux et se sentit honteux d'y être associé.

Pavel approcha et le lieutenant Kotler s'adressa à lui sur un ton insolent, bien qu'il fût assez jeune pour être son petit-fils.

– Conduis ce petit homme à l'appentis qui se trouve derrière la maison. Il y a une rangée de vieux pneus contre un mur. Il en choisira un et tu es prié de le porter où il te dira, compris ?

Pavel avait retiré son calot et le tenait entre ses mains. Il inclina la tête en signe d'assentiment, plus bas encore qu'elle ne l'était déjà.

– Oui, monsieur, répondit-il, dans un chuchotement tellement inaudible qu'il n'avait peut-être même pas prononcé ces mots.

– Ensuite, quand tu retourneras à la cuisine, tâche de te laver les mains avant de toucher la nourriture, sale « ... ».

Le lieutenant répéta le mot qu'il avait déjà utilisé deux fois en postillonnant. Bruno jeta un coup d'œil à Gretel à la dérobée. Elle qui avait regardé avec adoration le soleil se refléter sur les cheveux du lieutenant Kotler semblait maintenant mal à l'aise, comme lui. Ni l'un ni l'autre n'avaient jamais parlé à Pavel, mais c'était un remarquable maître d'hôtel et, d'après Père, on n'en trouvait pas tous les jours sous le sabot d'un cheval.

– Exécution, dit le lieutenant.

Pavel fit demi-tour et se dirigea vers l'appentis, suivi de Bruno, qui se retournait de temps à autre vers sa sœur et le jeune officier avec l'envie d'éloigner Gretel du lieutenant, en dépit du fait qu'elle était agaçante, égoïste et méchante avec lui. Ce qui était son travail, après tout. C'était sa sœur. Mais l'idée de la laisser seule avec un homme tel que Kotler lui faisait horreur. Il n'y avait pas moyen de le dire autrement, il était odieux.

L'accident eut lieu quelques heures plus tard, après que Bruno eut choisi le pneu idéal et que Pavel l'eut fait rouler jusqu'au grand chêne, situé du côté de la fenêtre de Gretel, et après que Bruno fut monté et descendu de l'arbre inlassablement pour attacher solidement les cordes autour de la branche et du pneu. Toute l'opération avait été un immense succès. Bruno s'était déjà fabriqué le même genre de balançoire mais, à l'époque, Karl, Daniel et Martin l'avaient aidé. Cette fois, il s'était débrouillé seul, ce qui rendait les choses plus difficiles. Cependant, il parvint à ses fins. Et, quelques heures plus tard, il était installé comme un pape au milieu du pneu et se balançait d'avant en arrière, comme débarrassé de tout souci, alors que cette balançoire était de loin la plus inconfortable qu'il eût jamais fabriquée.

À plat ventre dans le pneu, Bruno prenait son élan en s'aidant des pieds. Et, quand le pneu revenait en arrière, il s'envolait et manquait de heurter le tronc, mais Bruno donnait alors un coup de pied dessus, ce qui le renvoyait toujours plus haut, toujours plus vite. La méthode fonctionna à merveille jusqu'à ce que la main de Bruno glisse sur le pneu au moment où il s'apprêtait à taper du pied contre l'arbre. Son corps bascula en avant en un clin d'œil et Bruno, un pied toujours accroché au pneu, atterrit face contre terre dans un grand bruit.

Sa vision s'obscurcit, puis redevint nette. Il se redressa alors, mais le pneu qui revenait le frappa à la tête. Bruno poussa un cri et s'écarta de sa trajectoire. Quand il se releva, sa jambe et son bras lui faisaient très mal, car il était tombé dessus de tout son poids, même s'ils ne semblaient pas cassés. Sa main était couverte d'égratignures et il avait une vilaine coupure au coude. Mais sa jambe le faisait plus souffrir encore. En examinant son genou, juste sous le short, il découvrit une plaie béante qui semblait avoir attendu d'être regardée pour se révéler car, dès que son attention se porta sur elle, elle se mit à saigner abondamment.

– Oh, zut, dit Bruno à voix haute, en contemplant sa blessure et en se demandant ce qu'il devait faire.

Il n'eut pas à se poser la question bien longtemps. La balançoire étant située du même côté que la cuisine, Pavel, le maître d'hôtel qui l'avait aidé à trouver le pneu, avait vu l'accident de la fenêtre devant laquelle il épluchait les légumes. Quand Bruno leva les yeux, il l'aperçut qui se hâtait vers lui. Une fois le vieil homme sur les lieux, il se sentit suffisamment en confiance pour laisser l'étourdissement qui le guettait s'emparer de lui. Il s'écroula mais sans tomber, car Pavel était là pour le retenir.

– Je ne sais pas ce qui s'est passé, dit Bruno. Cela ne semblait pas dangereux.

– Vous alliez trop haut, dit Pavel d'une voix douce qui procura un sentiment de sécurité immédiat à Bruno. Je le voyais bien. Je craignais à tout instant qu'il ne vous arrive quelque chose.

– Et voilà, dit Bruno.
– Oui.
Pavel le porta dans ses bras jusqu'à la maison en traversant la pelouse et l'installa sur une chaise en bois dans la cuisine.
– Où est Mère ? demanda Bruno, en regardant autour de lui à la recherche de la première personne vers laquelle il se tournait en cas d'accident.
– Elle n'est pas encore rentrée, dit Pavel, en s'agenouillant devant lui pour examiner sa blessure. Je suis seul à la maison.
– Mais qu'est-ce qui va se passer ? demanda Bruno, qui commençait à paniquer et était donc susceptible de pleurer. Je vais saigner à en mourir.
Pavel partit d'un petit rire gentil et secoua la tête.
– Il n'en est pas question, dit-il en tirant un tabouret à lui et en posant la jambe de Bruno dessus. Ne bougez pas. Il y a une trousse de secours quelque part par là.
Bruno le regarda faire le tour de la cuisine et sortir d'un placard une trousse de secours verte, remplir une petite bassine d'eau et vérifier avec le doigt qu'elle n'était pas trop froide.
– Je vais aller à l'hôpital ? demanda Bruno.
– Non, répondit Pavel, en se remettant à genoux, puis il trempa dans la bassine l'extrémité d'un torchon dont il tapota doucement la plaie. (Bruno fit la grimace, bien que ce ne fût pas vraiment douloureux.) C'est une petite coupure de rien du tout qui ne nécessite pas de points de suture, conclut Pavel.
Bruno fronça les sourcils et se mordilla nerveusement la lèvre pendant que Pavel nettoyait le sang et pressait fermement l'autre extrémité du torchon sur la blessure.

Lorsqu'il le retira délicatement quelques minutes plus tard, elle avait cessé de saigner. Il sortit alors une bouteille de liquide vert de la trousse et en tamponna la plaie. Le liquide piquait et Bruno cria à plusieurs reprises.

– Ce n'est pas si terrible, dit gentiment Pavel. N'aggravez pas les choses en imaginant que vous avez plus mal qu'en réalité.

Bruno trouva la réflexion sensée et résista à l'envie de crier « aïe ». Lorsque Pavel eut terminé d'appliquer le liquide vert, il prit un pansement dans la trousse et le colla sur le genou de Bruno.

– Voilà, dit-il. Cela va mieux ?

Bruno hocha la tête et se sentit honteux de ne pas avoir fait preuve de plus de courage.

– Merci, dit-il.

– Il n'y a pas de quoi, répondit Pavel. À présent, restez assis quelques minutes avant de marcher à nouveau, compris ? Il faut laisser la blessure se décontracter. Et n'approchez plus de cette balançoire pour aujourd'hui.

Bruno acquiesça et garda la jambe étendue sur le tabouret pendant que Pavel se lavait soigneusement les mains à l'évier. Il se cura même le dessous des ongles à l'aide d'une brosse métallique, avant de retourner à l'épluchage des légumes.

– Vous allez raconter à Mère ce qui s'est passé ? demanda Bruno, qui avait consacré les dernières minutes à se demander s'il serait considéré comme un héros accidenté ou comme un vaurien auteur d'un piège mortel.

– Elle s'en apercevra d'elle-même, répondit Pavel en posant des carottes sur la table, puis il s'assit en face de Bruno et commença à les éplucher au-dessus d'un vieux journal.

– Sans doute, dit Bruno. Elle voudra peut-être m'emmener chez le docteur.

– Je ne crois pas, répondit doucement Pavel.

– On ne sait jamais, dit Bruno, qui refusait que son accident s'oubliât aussi rapidement. (C'était somme toute la chose la plus excitante qui lui fût arrivée depuis qu'il était à Hoche-Vite.) Cela pourrait être plus grave qu'il n'y paraît, ajouta-t-il.

– Non, dit Pavel, n'écoutant Bruno que d'une oreille car les carottes accaparaient toute son attention.

– Qu'est-ce que vous en savez ? demanda Bruno dont la mauvaise humeur augmentait, en dépit du fait qu'il s'adressait à l'homme qui était venu le secourir et l'avait ramené à l'intérieur pour le soigner. Vous n'êtes pas docteur.

Pavel cessa de peler les carottes et regarda Bruno, tête baissée mais les yeux levés, hésitant sur la réponse à donner à pareille affirmation. Il soupira, réfléchit un instant et dit :

– Si, je le suis.

Bruno le dévisagea avec surprise. Cela ne tenait pas debout.

– Mais vous êtes maître d'hôtel, dit-il lentement. Et vous épluchez les légumes pour le dîner. Comment pourriez-vous être docteur en même temps ?

– Jeune homme, dit Pavel (et Bruno apprécia qu'il eût la courtoisie de l'appeler « jeune homme » et non « petit homme » comme le faisait le lieutenant Kotler), je suis médecin. Ce n'est pas parce qu'un homme observe le ciel la nuit qu'il est astronome.

Bruno ne comprit pas la signification de ces paroles, mais elles renfermaient quelque chose qui le poussa à regarder attentivement Pavel pour la première fois.

C'était un homme plutôt petit et très maigre, avec de longues mains et des traits anguleux. Il était plus âgé que Père, mais plus jeune que Grand-père, ce qui signifiait qu'il était tout de même assez vieux. Et, bien que Bruno n'eût jamais posé les yeux sur lui avant d'arriver à Hoche-Vite, il aurait juré que Pavel portait autrefois une barbe.

Mais plus maintenant.

– Je ne comprends pas, dit Bruno, qui voulait avoir le fin mot de l'histoire. Si vous êtes docteur, comment se fait-il que vous serviez à table ? Pourquoi ne travaillez-vous pas dans un hôpital ?

Pavel hésita longuement avant de répondre et Bruno resta silencieux, sentant confusément que la politesse exigeait qu'il attendît que Pavel fût prêt à parler.

– Avant de venir ici, j'exerçais la médecine, finit-il par dire.

– Vous vous exerciez ? demanda Bruno, qui ne connaissait pas bien le sens du terme. Vous n'aviez donc pas un bon niveau ?

Pavel sourit.

– J'étais un excellent médecin, répondit-il. J'ai toujours voulu l'être. Depuis que je suis petit. Depuis que j'avais votre âge.

– Je veux être explorateur, dit Bruno.

– Je vous souhaite bonne chance.

– Merci.

– Avez-vous déjà fait des découvertes ?

– La maison de Berlin était un terrain d'exploration formidable, dit Bruno. Mais elle était très grande, plus que vous ne pouvez l'imaginer, et pleine d'endroits à explorer. Ici, ce n'est pas pareil.

– Ici, rien n'est pareil, approuva Pavel.

– Quand êtes-vous arrivé à Hoche-Vite ? demanda Bruno.

Pavel posa sa carotte et son couteau, et réfléchit.

– Depuis toujours, il me semble, répondit-il dans un chuchotement.

– Vous avez grandi ici ?

– Non, dit Pavel, en secouant la tête. Non.

– Mais, vous venez de dire...

Avant que Bruno n'ait pu finir sa phrase, la voix de Mère se fit entendre à l'extérieur. Pavel se leva d'un bond et retourna à l'évier avec les carottes, le couteau et le journal plein d'épluchures. Il tourna le dos à Bruno, baissa la tête et ne lui adressa plus la parole.

– Qu'est-ce qui t'est arrivé ? demanda Mère en entrant dans la cuisine, avant de se pencher pour examiner son pansement.

– Je me suis fait une balançoire et je suis tombé, expliqua Bruno. Et ensuite, la balançoire m'a cogné la tête et je me suis presque évanoui. Mais Pavel est sorti et m'a ramené à la cuisine. Il a nettoyé mon genou et collé un pansement dessus. Le liquide piquait, mais je n'ai pas pleuré. Pas une fois, n'est-ce pas, Pavel ?

Pavel se tourna légèrement vers eux, mais garda la tête baissée.

– J'ai désinfecté la plaie, dit-il doucement, sans tenir compte de Bruno. Vous n'avez pas à vous inquiéter.

– Monte dans ta chambre, Bruno, dit Mère, franchement mal à l'aise.

– Mais je...

– Ne discute pas. Monte dans ta chambre !

Bruno se leva, en portant le poids du corps sur ce qu'il

avait décidé d'appeler sa jambe malade et il eut un peu mal. Puis il tourna les talons et quitta la pièce. Au moment où il se dirigeait vers l'escalier, il entendit Mère remercier Pavel et en fut ravi, parce qu'il était sûrement évident pour tout le monde que, sans Pavel, il aurait saigné à en mourir.

Juste avant de monter, il entendit encore autre chose. La dernière phrase que Mère adressa au maître d'hôtel, soi-disant docteur.

– Si le commandant pose la question, je dirai que c'est moi qui ai désinfecté le genou de Bruno.

Bruno trouva Mère terriblement égoïste de s'attribuer le mérite de quelque chose qu'elle n'avait pas fait.

Chapitre 8

Pourquoi Grand-mère est partie comme une furie

Les deux personnes de Berlin qui manquaient le plus à Bruno étaient Grand-père et Grand-mère. Ils habitaient un petit appartement près du marché aux fruits et légumes et, au moment où Bruno déménagea à Hoche-Vite, Grand-père avait presque soixante-treize ans. Ce qui, d'après Bruno, faisait de lui l'homme le plus vieux de la terre. Il avait calculé un après-midi que s'il vivait et revivait sa vie huit fois d'affilée, il aurait toujours un an de moins que Grand-père.

Grand-père avait passé son existence à diriger un restaurant du centre ville où était employé le père de Martin, l'ami de Bruno. Ce dernier était le cuisinier de l'établissement. Bien que Grand-père ne fît plus la cuisine ni ne servît plus à table, il passait le plus clair de ses après-midi à bavarder au bar avec les clients, dînait sur place et restait jusqu'à la fermeture, blaguant avec ses amis.

Grand-mère ne faisait jamais vieille en comparaison des grand-mères des camarades de Bruno. Pour tout dire, lorsqu'il apprit son âge avancé (soixante-deux ans), il en fut stupéfait. Grand-père avait rencontré Grand-mère à l'issue d'un de ses concerts lorsqu'elle était jeune et, bien qu'il fût pétri de défauts, il avait réussi à la convaincre de l'épouser. Grand-mère avait de longs cheveux roux, curieusement semblables à ceux de sa bru, et des yeux verts qu'elle attribuait au sang irlandais qui coulait, paraît-il, dans ses veines. Bruno devinait toujours qu'une fête de famille était sur le point d'atteindre son apothéose quand Grand-mère commençait à rôder autour du piano en attendant qu'un invité s'y assît et la priât de chanter.

– Que me faites-vous là ? se récriait-elle toujours, une main posée sur la poitrine, comme si la perspective lui coupait le souffle. Vous voulez que je chante ? Pourquoi ? J'en suis incapable. J'ai bien peur, jeune homme, que l'époque où je chantais ne soit révolue.

– Chantez ! Chantez ! criait toute l'assemblée.

Et, après une pause décente (qui pouvait durer jusqu'à dix ou douze secondes), elle finissait par capituler, se tournait alors vers le jeune homme assis au piano et lui glissait vivement sur un ton humoristique :

– *La Vie en rose*. Mi bémol. Et tâchez de suivre le mouvement.

Le clou des fêtes de Berlin était toujours le tour de chant de Grand-mère. Son numéro coïncidait bizarrement avec le moment où Mère quittait la pièce dans laquelle la fête battait son plein, pour aller dans la cuisine en compagnie de quelques amies. Père restait pour écouter Grand-mère et Bruno aussi, car il adorait l'entendre chanter à pleine voix et récolter une salve d'applaudissements à la fin de la chanson. Par ailleurs, *La Vie en rose* lui donnait la chair de poule et faisait se dresser ses petits cheveux sur la nuque.

Grand-mère se berçait de l'illusion que Bruno ou Gretel reprendrait le flambeau et monterait sur les planches. À chaque Noël et à chaque anniversaire, elle mettait sur pied un petit spectacle qu'ils jouaient à trois devant Mère, Père et Grand-père. Elle l'écrivait elle-même et, d'après Bruno, s'attribuait toujours les meilleures répliques. Cela dit, il ne s'en formalisait pas. Elle glissait toujours quelque part une chanson (« Est-ce une chanson que vous voulez ? » demandait-elle d'abord), un tour de magie pour Bruno et une chorégraphie pour Gretel. Le spectacle se clôturait sur un poème d'un grand auteur récité par Bruno, un poème dont il avait du mal à comprendre le sens, mais qu'il trouvait de plus en plus beau à mesure qu'il le disait.

Mais ce n'était pas ce que Bruno préférait dans ces petits spectacles. Ce qu'il préférait, c'étaient les costumes que Grand-mère confectionnait à chacun. Quel que fût son rôle, la modicité du texte qu'il avait en comparaison des interventions de sa sœur ou de sa grand-mère, Bruno était toujours habillé en prince, en cheik arabe et même, une fois, en gladiateur romain. Grand-mère leur donnait des couronnes et, quand ce n'étaient pas des couronnes, des flèches, et, quand ce n'étaient pas des flèches, des fouets ou des turbans. Personne ne savait ce qu'elle allait sortir de son chapeau la fois suivante mais, une semaine avant Noël, Bruno et Gretel étaient immanquablement convoqués chez elle pour des répétitions quotidiennes.

Certes, leur dernière pièce s'était terminée en désastre et Bruno s'en souvenait avec tristesse. Mais il n'aurait pas su dire avec certitude ce qui avait déclenché la dispute.

Une semaine avant Noël environ, la maison bruissait d'excitation, en partie parce que Maria, la cuisinière, et Lars, le majordome, étaient désormais tenus d'appeler Père « commandant ». Cette directive s'appliquait également à tous les soldats qui entraient dans la maison comme dans un moulin et la considéraient (d'après Bruno) comme la leur et non comme la sienne. Depuis des semaines, tout n'était qu'effervescence. D'abord, il y avait eu le dîner avec le Fourreur et la belle femme blonde, qui avait mobilisé toute la maisonnée, et puis cette nouvelle affaire d'appeler Père « commandant ». Mère avait demandé à Bruno de féliciter Père et il s'était exécuté, bien qu'il ignorât pourquoi, et il l'aurait admis s'il avait été honnête avec lui-même (ce à quoi il s'efforçait toujours).

Le jour de Noël, Père avait enfilé son uniforme flambant neuf, l'uniforme amidonné et repassé qu'il portait tous les jours depuis, et la famille au grand complet l'avait applaudi quand il était apparu pour la première fois dedans. C'était un uniforme exceptionnel qui démarquait Père des autres soldats fréquentant la maison. Par ailleurs, depuis qu'il le portait, les soldats semblaient le respecter davantage encore. Mère s'était approchée de lui et l'avait embrassé sur la joue, puis elle avait caressé le devant de l'uniforme, en commentant la qualité du tissu. Bruno avait été surtout impressionné par les décorations qui ornaient la veste et avait même été autorisé à porter la casquette quelques minutes, à condition d'avoir les mains propres en la mettant.

Grand-père avait été rempli de fierté en voyant son fils dans son nouvel uniforme, mais Grand-mère était restée de marbre. Après le dîner et après que tous trois avaient joué leur dernier spectacle, elle s'était assise tristement dans un fauteuil et avait regardé Père, en secouant la tête, comme s'il l'avait terriblement déçue.

– Je me demande... avait-elle commencé. Est-ce là que j'ai commis une erreur avec toi, Ralf ? Je me demande si tous ces rôles que je t'ai fait jouer petit ne t'ont pas conduit à cela. À t'habiller comme un pantin.

– Allons, Mère, avait dit Père d'un ton conciliant. Vous savez bien que ce n'est pas le moment.

– Te présenter devant nous en uniforme, avait-elle repris. Comme si cela te rendait exceptionnel ! Sans te soucier de ce qu'il représente vraiment. De ce qu'il signifie.

– Nathalie, nous en avons déjà parlé, avait dit Grand-père, bien que chacun sût que Grand-mère trouvait toujours le moyen de dire ce qu'elle avait à dire et tant pis si c'était mal perçu.

– Tu en as parlé, Matthias, avait répondu Grand-mère. J'étais le mur contre lequel tu jetais tes paroles. Comme toujours.

– C'est une fête, Mère, avait dit Père en soupirant. Et c'est Noël. Ne gâchons pas la soirée.

– Je me souviens du moment où la Grande Guerre a éclaté, avait dit fièrement Grand-père, en fixant le feu. Je me souviens de toi venant nous annoncer que tu t'étais engagé et de ma certitude qu'il t'arriverait quelque chose.

– Il lui est arrivé quelque chose, avait insisté Grand-mère. Il te suffit de le regarder pour en avoir la preuve.

– Et voilà ce que tu es devenu, avait continué Grand-père, sans tenir compte de l'intervention de Grand-mère. Je suis fier de te voir promu à un poste de cette responsabilité. Tu vas aider notre pays à retrouver sa fierté après l'immense tort qui lui a été fait. Des châtiments exemplaires...

– Écoutez-vous ! avait crié Grand-mère. Je me demande lequel des deux est le plus stupide.

– Mais, Nathalie, avait dit Mère, pour essayer d'apaiser les esprits, Ralf n'est-il pas beau dans son nouvel uniforme ?

– Beau ? avait répété Grand-mère en se penchant en avant et en regardant sa bru comme si elle avait perdu la raison. Beau, dites-vous ? Pauvre bécasse ! Est-ce donc ce qui est important dans la vie ? Être beau ?

– Suis-je beau dans mon costume de Monsieur Loyal ? avait demandé Bruno, car c'était ce qu'il portait ce soir-là pour la fête, la tenue rouge et noir de Monsieur Loyal, et il en était très fier.

À l'instant où il avait ouvert la bouche, Bruno l'avait regretté, car tous les adultes s'étaient tournés vers Gretel et lui, avec l'air de se souvenir brusquement de leur présence.

– Les enfants, en haut, s'était empressée de dire Mère. Allez dans votre chambre.

– Mais nous n'en avons pas envie, avait protesté Gretel. Pourquoi ne pouvons-nous pas jouer ici ?

– Non, les enfants, avait insisté Mère. Montez et fermez votre porte.

– C'est tout ce qui intéresse les soldats, avait repris Grand-mère, en faisant abstraction des enfants. Parader dans vos beaux uniformes. Vous mettre sur votre trente et un et faire les choses abominables que vous faites. J'ai honte. Mais c'est à moi que j'en veux. Pas à toi, Ralf.

– Les enfants, en haut, tout de suite ! avait répété Mère en tapant dans ses mains et, cette fois, ils n'avaient eu d'autre choix que de se lever et de lui obéir.

Mais plutôt que d'aller tout de suite dans leur chambre, ils avaient refermé la porte du salon et s'étaient assis en haut de l'escalier, en tendant l'oreille pour deviner ce que disaient les adultes. Les voix de leurs parents étaient étouffées et inintelligibles, celle de Grand-père ne s'était pas fait entendre une seule fois, et, curieusement, Grand-mère avait marmonné. Au bout de quelques minutes, la porte s'était ouverte à la volée et Gretel et Bruno s'étaient dépêchés de reculer, pendant que Grand-mère prenait son manteau à la patère de l'entrée.

– J'ai honte ! avait-elle lancé avant de partir. Honte que mon fils soit…

– Un patriote, avait crié Père, qui n'avait peut-être jamais appris la règle interdisant d'interrompre sa mère.

– Un patriote, en effet ! avait-elle crié à son tour. Quand je pense que tu as invité ces gens sous ton toit, cela me rend malade. Et te voir dans cet uniforme me donne envie de m'arracher les yeux ! avait-elle ajouté avant de quitter la maison comme une furie, en claquant la porte.

Bruno n'avait guère revu sa grand-mère après cet épisode et n'avait même pas eu l'occasion de lui dire au revoir avant de déménager à Hoche-Vite, mais elle lui manquait terriblement et il décida de lui écrire une lettre.

Ce jour-là, il s'assit avec un stylo et du papier et lui confia qu'il était malheureux à Hoche-Vite, et qu'il aurait donné n'importe quoi pour retourner à Berlin. Il lui raconta la maison, le jardin, le banc avec sa plaque, la haute barrière, les poteaux télégraphiques, les rouleaux de fil de fer barbelé, le sol nu derrière, les baraquements et les petits bâtiments, les nuages de fumée et les soldats. Mais, surtout, il lui parla des gens qui vivaient là, de leurs pyjamas rayés et de leurs calots en tissu. Et, enfin, il lui dit qu'elle lui manquait beaucoup et il signa sa lettre : « Bruno, votre petit-fils affectionné ».

CHAPITRE 9

BRUNO SE SOUVIENT QU'IL AIMAIT EXPLORER

Rien ne changea à Hoche-Vite pendant un long moment.

Bruno continuait d'avoir à supporter la froideur de Gretel dès qu'elle était de mauvaise humeur, ce qui arrivait plus souvent qu'à son tour, car c'était un cas désespéré.

Il continuait de vouloir rentrer à Berlin, bien que les souvenirs qui s'y attachaient aient commencé à s'estomper. Et, en dépit de sa ferme intention, plusieurs semaines s'étaient écoulées depuis qu'il avait songé à envoyer une autre lettre à Grand-père ou Grand-mère, et il ne leur avait pas écrit depuis plus longtemps encore.

Les soldats continuaient d'aller et venir chaque jour de la semaine, et à tenir des réunions dans le bureau de Père dont l'accès n'était permis en aucune circonstance et sous aucun prétexte. Et le lieutenant Kotler continuait de marcher à grandes enjambées dans ses bottes noires, comme s'il était la personne la plus importante du monde. Lorsqu'il n'était pas auprès de Père, il bavardait dans l'allée avec Gretel, qui riait comme une folle, en entortillant une mèche de cheveux autour de son doigt, à moins qu'il ne fût occupé à faire des messes basses avec Mère dans diverses pièces de la maison.

Les domestiques lavaient, balayaient, faisaient à manger, récuraient, servaient et desservaient, en se gardant bien d'ouvrir la bouche sauf si on leur adressait la parole. Maria continuait de passer le plus clair de son temps à veiller sur la propreté du linge et à s'assurer que tout vêtement non porté par Bruno était plié correctement dans son armoire. Pavel venait à la maison tous les après-midi éplucher les pommes de terre et les carottes, enfilait sa veste blanche et faisait le service. Bruno le surprenait parfois jetant un coup d'œil discret à son genou où la minuscule cicatrice laissée par son accident de balançoire était encore bien visible. Mais ils ne se parlaient jamais.

Puis les choses changèrent. Père décréta qu'il était temps que les enfants retournent à leurs études. Et, bien que Bruno trouvât ridicule de ne faire classe que pour deux élèves, Père et Mère décidèrent d'un commun accord qu'un précepteur viendrait tous les jours remplir leurs matinées et leurs après-midi avec des devoirs. Quelques jours plus tard, un certain M. Liszt remonta l'allée dans un tas de ferraille bringuebalant et l'heure de l'école avait de nouveau sonné. M. Liszt était un mystère pour Bruno. Il se montrait généralement amical et ne levait jamais la main sur lui comme son vieil instituteur à Berlin en avait l'habitude, mais quelque chose dans ses yeux lui donnait l'impression que M. Liszt était plein d'une colère qui ne demandait qu'à s'exprimer.

M. Liszt avait un faible pour l'histoire et la géographie, alors que Bruno préférait la lecture et l'art.

– Ces matières ne servent à rien, martela le professeur. Une solide connaissance des sciences sociales est bien plus importante de nos jours.

– À Berlin, Grand-mère nous faisait toujours jouer des pièces de théâtre, lui fit remarquer Bruno.

– Votre grand-mère n'était pas votre professeur que je sache ? dit M. Liszt. Elle est votre grand-mère. Moi, je suis votre professeur. Aussi, vous étudierez les matières que je juge importantes et pas seulement celles qui vous plaisent.

– Les livres ne sont-ils pas importants ? demanda Bruno.

– Les livres qui traitent de sujets primordiaux, bien sûr, expliqua M. Liszt. Non ceux qui racontent des histoires. Non ceux qui rapportent des faits qui n'ont jamais existé. Que savez-vous de votre histoire, jeune homme ? (À sa décharge, M. Liszt désignait Bruno par « jeune homme », comme Pavel, et au contraire du lieutenant Kotler.)

– Je sais que je suis né le 15 avril 1934...

– Je ne parle pas de votre histoire, l'interrompit M. Liszt. De votre histoire personnelle. Je parle de l'histoire de vos origines, d'où vous venez. De votre héritage familial. De votre mère patrie.

Bruno fronça les sourcils et réfléchit à la question. Il n'était pas certain que Mère eût possédé une quelconque patrie car, bien que la maison de Berlin fût grande et confortable, le jardin ne pouvait être considéré comme une patrie. Et Bruno était assez grand pour savoir que Hoche-Vite ne leur appartenait pas, bien qu'il y eût plus de terrain.

– Pas grand-chose, reconnut-il. En revanche, j'en

connais beaucoup sur le Moyen Âge. J'aime les histoires de chevaliers, et les histoires d'aventures et d'explorateurs.

M. Liszt siffla entre ses dents et secoua la tête avec colère.

– C'est justement ce que je veux changer, dit-il d'un ton sinistre. Sortir ces livres d'histoires de votre tête et vous apprendre d'où vous venez. Les torts immenses qui vous ont été faits.

Bruno hocha la tête, ravi de cette perspective, car persuadé qu'on allait enfin lui fournir une explication concernant son déménagement forcé d'une maison agréable dans un endroit abominable. Ce qui constituait le plus grand tort qu'on lui eût jamais fait de sa courte vie.

Quelques jours plus tard, assis tout seul dans sa chambre, Bruno se remémora ses activités préférées à Berlin, auxquelles il n'avait pu se livrer depuis son arrivée à Hoche-Vite. La plupart d'entre elles lui vinrent à l'esprit car il n'avait plus d'amis avec qui s'amuser, et il était inutile d'attendre de Gretel qu'elle jouât avec lui. Mais il restait une distraction à laquelle il pouvait s'adonner seul, et à laquelle il consacrait tout son temps autrefois : l'exploration.

« Lorsque j'étais petit, songea Bruno, j'aimais explorer. Je le faisais à Berlin où je connaissais la maison par cœur et où je pouvais retrouver n'importe quoi les yeux bandés. Je n'ai jamais vraiment exploré Hoche-Vite. Il est peut-être temps de commencer. »

Alors, avant de changer d'avis, il sauta au bas de son lit et fouilla dans son armoire à la recherche d'un imperméable et d'une vieille paire de bottes (la tenue du véritable explorateur selon ses critères), et se prépara à quitter la maison.

L'intérieur ne présentait aucun intérêt d'un point de vue exploratoire. Hoche-Vite n'avait rien à voir avec la maison de Berlin qui, s'il s'en souvenait correctement, était pleine de coins et de recoins, et de drôles de petites pièces, sans oublier ses cinq étages, si on comptait le sous-sol et la petite mansarde avec la fenêtre devant laquelle il devait se mettre sur la pointe des pieds pour voir dehors. Non, la maison de Hoche-Vite était décidément impropre à l'exploration. Et si matière à explorer il y avait, c'était forcément dehors.

Cela faisait plusieurs mois maintenant que Bruno regardait par sa fenêtre le jardin, le banc avec sa plaque, la haute barrière et les poteaux télégraphiques, et toutes les choses dont il avait parlé à Grand-mère dans sa dernière lettre. Ce n'était pourtant pas faute de les observer, tous ces gens différents en pyjama rayé, mais il ne lui était jamais venu à l'idée de s'interroger sur la raison de leur présence.

C'était comme s'il s'agissait d'une autre ville où la population vivait et travaillait ensemble, à côté de la maison de Bruno. En quoi étaient-ils si différents ? Les gens du camp portaient tous la même tenue, un pyjama rayé avec un calot assorti. Et ceux qui fréquentaient la maison (à l'exception de Mère, Gretel et lui) mettaient tous un uniforme plus ou moins beau orné de décorations, une casquette et des brassards flamboyants rouge et noir. Ils portaient une arme et avaient toujours l'air très sérieux, comme s'ils œuvraient à quelque chose de terriblement important que personne ne devait mettre en doute.

« Où était la différence exactement ? se demandait Bruno. Et qui avait décrété que les uns porteraient un pyjama rayé et les autres un uniforme ? »

Parfois, bien sûr, les deux groupes se mélangeaient. Bruno avait souvent remarqué la présence de gens appartenant à son côté de la barrière de l'autre côté et, à les voir, il était clair qu'ils commandaient. Dès que les soldats approchaient des gens en pyjama, ceux-ci se mettaient au garde-à-vous, parfois ils tombaient par terre, certains même ne se relevaient plus et devaient être emportés.

« C'est étrange que je ne me sois jamais posé de question sur ces gens, songeait Bruno. Quand je pense au nombre de fois où les soldats vont là-bas (sans parler de Père), c'est curieux qu'aucune personne en pyjama rayé n'ait été invitée à la maison. »

Quelquefois (pas très souvent) des soldats restaient dîner. Dans ces cas-là, la boisson mousseuse coulait à flots et, sitôt leur dernière bouchée avalée, Gretel et Bruno étaient expédiés dans leurs chambres, d'où leur parvenaient un boucan de tous les diables et des chansons massacrées. Père et Mère appréciaient manifestement la compagnie des soldats, Bruno pouvait l'affirmer. Mais, pas une fois, ils n'avaient invité de personne en pyjama à dîner.

Quand il se trouva dehors, il fit le tour de la maison par-derrière pour repérer sa fenêtre, qui lui parut beaucoup moins haute, vue d'en bas. « Je devrais pouvoir sauter de là sans me faire trop mal », songea-t-il, bien qu'il ne vît pas dans quelles circonstances il tenterait une expérience aussi stupide. À moins d'être coincé à l'intérieur de la maison en cas d'incendie, mais, même dans ces conditions, c'était risqué.

Bruno porta son regard le plus loin possible vers sa droite, là où la haute barrière semblait se prolonger indéfiniment sous le soleil, ce dont il fut ravi. Car cela signifiait qu'il aurait à marcher pour découvrir ce qui se cachait plus loin, l'essence même de l'exploration, en somme. Le seul aspect positif des leçons d'histoire de M. Liszt concernait Christophe Colomb et Amerigo Vespucci, des hommes dont les vies passionnantes confortaient Bruno dans sa volonté de leur ressembler plus tard.

Cependant, avant de s'aventurer vers la droite, Bruno voulait vérifier quelque chose : le banc. Durant des mois, il l'avait observé de sa fenêtre, lui et sa plaque, en le désignant par « le banc avec sa plaque », mais il ne savait toujours pas ce qui était écrit dessus. Bruno jeta un coup d'œil à droite, puis à gauche, afin de s'assurer que personne ne venait, et courut jusqu'au banc. Il déchiffra l'inscription en plissant les yeux. Il s'agissait d'une modeste plaque en bronze. Il lut à voix basse :

« *Apposée à l'occasion de l'ouverture du camp de...* Il hésita. *Hoche-Vite*, reprit-il, en butant sur le mot, comme d'habitude. *Juin 1940.* »

Bruno tendit la main pour la toucher ; la plaque était glacée. Il retira aussitôt la main, prit une profonde inspiration et se mit en route. La seule ombre au tableau qu'il tentait de chasser de son esprit était la recommandation que Père et Mère lui avaient faite un nombre incalculable de fois. À savoir qu'il n'avait pas le droit de s'aventurer vers la droite. Ni le droit d'approcher de la barrière ou du camp, et surtout qu'il n'était jamais permis de se livrer à l'exploration à Hoche-Vite.

Sous aucun prétexte.

Chapitre 10

Le point qui devient une tache qui devient une forme qui devient une silhouette qui devient un garçon

Marcher le long de la barrière lui prit bien plus de temps qu'il ne l'avait imaginé ; elle semblait s'étirer sur des kilomètres. Bruno avançait sans s'arrêter et, chaque fois qu'il se retournait, sa maison lui paraissait de plus en plus petite, jusqu'à ce qu'elle disparût. Pendant tout ce temps, il ne croisa pas âme qui vive près de la barrière, ni ne vit de porte pour pénétrer de l'autre côté, et commença à désespérer du succès de son exploration. Bien que le grillage continuât de courir à perte de vue, les baraquements, les bâtiments et les nuages de fumée s'évanouirent au loin dans son dos et la clôture ne le sépara plus que d'un terrain nu.

Après avoir marché presque une heure et sentant la faim venir, Bruno songea qu'il avait peut-être fait le plein d'exploration pour la journée et ferait mieux de rentrer. Mais, au même moment, un petit point apparut à l'horizon. Il fut obligé de plisser les yeux pour deviner ce que c'était. Il se souvint alors d'un livre racontant l'histoire d'un homme qui s'était perdu dans le désert sans avoir ni mangé ni bu depuis plusieurs jours et qui s'était mis à imaginer qu'il voyait de splendides restaurants et d'énormes fontaines. Mais, dès qu'il tentait d'en approcher, tout se dissolvait et il ne restait que du sable. Bruno se demanda s'il n'était pas victime, lui aussi, d'un mirage.

Tout en réfléchissant, ses pas l'avaient rapproché du point, qui entre-temps était devenu une tache, et ne tarda pas à devenir une forme. Et, en un rien de temps, la forme devint une silhouette. Puis, à mesure qu'il progressait, Bruno s'aperçut qu'il ne s'agissait ni d'un point, ni d'une tache, ni d'une forme, ni d'une silhouette mais d'une personne.

D'un garçon, en l'occurrence.

Bruno avait lu suffisamment d'histoires d'explorateurs pour savoir qu'aucun d'entre eux n'avait pu prédire la nature de la découverte qu'ils feraient. Dans la majorité des cas, il s'agissait d'une chose intéressante qui se trouvait là, simplement, occupée à ses propres affaires en attendant d'être découverte, comme l'Amérique. Et parfois, il s'agissait d'une chose qu'il aurait mieux valu laisser à sa place, comme une souris morte derrière un placard.

Le garçon appartenait à la première catégorie. Il se trouvait là, simplement, occupé à ses propres affaires en attendant d'être découvert.

En se rendant compte que le point devenait une tache qui devenait une forme qui devenait une silhouette qui devenait un garçon, Bruno ralentit. Bien qu'ils fussent séparés par une barrière, il savait que l'on n'était jamais trop prudent avec les étrangers et qu'il était préférable de s'en approcher avec précaution. Il continua d'avancer et, bientôt, ils furent l'un en face de l'autre.

– Bonjour, dit Bruno.
– Bonjour, répondit le garçon.
Il était plus petit que Bruno, qui le trouva assis par terre l'air triste. Le garçon portait le même pyjama rayé que tous les gens de son côté de la barrière, avec le calot en tissu assorti. Il n'avait ni chaussures ni chaussettes et ses pieds étaient sales. Il avait aussi un brassard orné d'une étoile.

Quand Bruno fut assez près, il constata que le garçon était assis en tailleur et fixait la poussière au sol. À l'arrivée de Bruno, il leva la tête et Bruno découvrit son visage. Un drôle de visage. Il avait la peau presque grise, mais d'un gris que Bruno ne connaissait pas. Et de grands yeux couleur caramel, dont le blanc était très blanc. Deux immenses yeux désolés qui mangeaient son visage et fixaient Bruno.

Bruno était certain de n'avoir jamais rencontré de garçon aussi maigre et aussi triste de toute sa vie et pensa qu'il ferait mieux de lui parler.
– J'explorais, lui dit-il.
– Vraiment ? répondit le garçon.
– Oui. Depuis presque deux heures.
Ce n'était pas l'exacte vérité. Bruno n'avait consacré qu'un peu plus d'une heure à son exploration, mais il jugea qu'un brin d'exagération ne pouvait nuire. Exagérer n'était pas la même chose que mentir et lui donnait l'air plus hardi qu'il ne l'était.
– Tu as découvert quelque chose ? demanda le garçon.
– Pas grand-chose.

– Rien du tout ?

– Enfin si, je t'ai trouvé, dit Bruno après un temps.

Il regarda le garçon et envisagea de lui demander pourquoi il était si malheureux, mais, songeant que la question pourrait lui paraître grossière, il hésita. Il savait que les gens malheureux n'aimaient pas qu'on les questionnât sur leur tristesse. Ils en parlaient parfois d'eux-mêmes et devenaient alors intarissables sur le sujet pendant des mois. Bruno décida d'attendre avant de dire quoi que ce soit. Il avait fait une découverte, et maintenant qu'il tenait enfin quelqu'un de l'autre côté de la barrière, il fallait en profiter pour tirer le maximum de cette opportunité.

Il s'assit par terre en tailleur de son côté de la barrière pour imiter le garçon, en regrettant de ne pas avoir pris de chocolat ou de gâteau à partager avec lui.

– J'habite une maison de ce côté-ci de la barrière, dit Bruno.

– Ah bon ? J'ai aperçu la maison de loin une fois mais, toi, je ne t'ai jamais vu.

– Ma chambre est au premier étage, dit Bruno. De ma fenêtre, je vois de ton côté. Au fait, je m'appelle Bruno.

– Moi, c'est Shmuel, dit le garçon.

Bruno plissa le front, pas certain d'avoir bien entendu.

– Comment ? demanda-t-il.

– Shmuel, répondit le garçon, comme si c'était la chose la plus naturelle du monde. Et toi, c'est comment ?

– Bruno.

– Je n'ai jamais entendu ce nom-là, dit Shmuel.

– Et moi, je n'ai jamais entendu le tien, dit Bruno. Shmuel. (Il réfléchit.) Shmuel, répéta-t-il. J'aime bien le bruit que cela fait quand je dis Shmuel. On dirait le vent qui souffle.

– Bruno, dit Shmuel, en hochant joyeusement la tête. Oui, je crois que j'aime bien ton nom aussi. On dirait quelqu'un qui se frotte les bras pour se réchauffer.

– C'est la première fois que je rencontre un Shmuel.

– Il y a des dizaines de Shmuel de mon côté de la barrière, dit le garçon, des centaines probablement. J'aurais bien voulu avoir un nom à moi tout seul.

– Je n'ai jamais rencontré de Bruno, dit Bruno, à part moi, bien sûr. Je crois que je suis le seul.

– Tu as de la chance, remarqua Shmuel.

– Sans doute. Quel âge as-tu ? demanda-t-il.

Shmuel réfléchit et remua les doigts, comme pour compter.

– J'ai neuf ans. Je suis né le 15 avril 1934.

Bruno le regarda d'un air surpris.

– Qu'est-ce que tu as dit ? demanda-t-il.

– J'ai dit que j'étais né le 15 avril 1934.

Bruno écarquilla les yeux et sa bouche dessina un O.

– Je ne peux pas le croire, dit-il.

– Pourquoi ? demanda Shmuel.

– Non, répondit Bruno en secouant vivement la tête. Je ne voulais pas dire que je ne te croyais pas, mais je suis surpris, c'est tout. Parce que mon anniversaire est le 15 avril aussi. Et je suis né en 1934. Nous sommes nés le même jour.

Shmuel réfléchit.

– Alors tu as neuf ans.

– Oui. C'est étrange, non ?

– Très étrange, répondit Shmuel. Il y a des dizaines de Shmuel de mon côté de la barrière, mais pas un qui soit né le même jour que moi.

– Nous sommes presque jumeaux, dit Bruno.

– Quasiment, approuva Shmuel.

Bruno se sentit tout à coup très heureux. Une image de Karl, Daniel et Martin, ses trois meilleurs amis pour la vie, lui traversa l'esprit et il se rappela qu'ils s'amusaient bien tous les trois ensemble à Berlin, mesurant ainsi la solitude qui avait été la sienne à Hoche-Vite.

– Tu as beaucoup d'amis ? demanda Bruno, en penchant la tête de côté, dans l'attente d'une réponse.

– Oh, oui, répondit Shmuel. Enfin, en quelque sorte.

Bruno se renfrogna. Il avait espéré que Shmuel lui répondrait non, ce qui leur aurait donné un autre point commun.

– Des amis proches ? demanda-t-il.

– Non, pas vraiment, dit Shmuel. Mais nous sommes nombreux à avoir neuf ans de mon côté de la barrière. Cela dit, nous nous battons tout le temps. C'est pour cela que je viens ici. Pour être seul.

– C'est tellement injuste, dit Bruno. Je ne vois pas pourquoi je suis obligé de rester de mon côté où il n'y a personne à qui parler et personne avec qui s'amuser, alors que tu as plein d'amis et que tu joues probablement des heures tous les jours. Il faut que j'en parle à Père.

– D'où tu viens ? demanda Shmuel, en plissant les yeux et en regardant Bruno avec curiosité.

– De Berlin.

– Où c'est ?

Bruno ouvrit la bouche pour répondre mais s'aperçut qu'il ne savait pas vraiment.

– En Allemagne, évidemment, dit-il. Tu n'es pas allemand ?

– Non, polonais, répondit Shmuel.

Bruno fronça les sourcils.

– Alors comment se fait-il que tu m'aies parlé en allemand ? demanda-t-il.

– Parce que tu m'as dit bonjour en allemand. Alors, je t'ai répondu en allemand. Tu parles polonais ?

– Non, dit Bruno en riant nerveusement. Je ne connais personne qui parle plusieurs langues. Et encore moins parmi les garçons de notre âge.

– Maman est professeur dans mon école. C'est elle qui m'a enseigné l'allemand, expliqua Shmuel. Elle parle français, italien et anglais aussi. Elle est très intelligente. Je ne sais pas encore le français ni l'italien, mais elle m'a dit qu'elle m'apprendrait l'anglais un jour parce que cela pourrait m'être utile.

– La Pologne, dit Bruno d'un air songeur, en soupesant le mot sur sa langue. C'est moins bien que l'Allemagne, n'est-ce pas ?

Shmuel se renfrogna.

– Pourquoi ? demanda-t-il.

– Parce que l'Allemagne est le meilleur pays du monde, répondit Bruno, qui se rappelait des bribes d'une conversation que Père et Grand-père avaient très souvent. Nous sommes supérieurs.

Shmuel regarda Bruno sans rien dire. Ce dernier ressentit alors le besoin urgent de changer de sujet, car il avait beau avoir prononcé ces paroles, il les trouvait déplacées, et n'aurait voulu pour rien au monde que Shmuel le crût méchant.

– De toute façon, où se trouve la Pologne ? demanda-t-il après quelques minutes de silence.

– En Europe, répondit Shmuel.

Bruno tenta de se rappeler les pays qu'il avait appris au cours de sa dernière leçon de géographie avec M. Liszt.

– Tu as déjà entendu parler du Danemark ? demanda-t-il.

– Non, répondit Shmuel.

– Je pense que la Pologne est au Danemark, dit Bruno, qui s'embrouillait de plus en plus, en dépit de sa volonté de paraître intelligent. Parce que c'est à des kilomètres et des kilomètres, ajouta-t-il, à titre de confirmation.

Shmuel regarda Bruno et ouvrit la bouche, puis la referma, deux fois de suite, comme s'il réfléchissait soigneusement à sa réponse.

– Mais on est en Pologne, finit-il par dire.

– Vraiment ? demanda Bruno.

– Oui. Et le Danemark est assez loin de la Pologne et de l'Allemagne.

Bruno se rembrunit. Il connaissait l'existence de ces pays, mais avait toujours du mal à les situer.

– Je suis d'accord, dit-il. Mais tout est relatif, non ? Surtout la distance.

Il aurait bien voulu passer à un autre sujet parce qu'il se doutait qu'il avait tort. Il prit la résolution secrète d'être plus attentif à ses prochains cours de géographie.

– Je ne suis jamais allé à Berlin, dit Shmuel.

– Je ne pense pas avoir été en Pologne avant de venir ici, dit Bruno. (Ce qui était exact car, effectivement, il n'y était jamais allé.) Enfin, si nous sommes bien en Pologne, ajouta-t-il.

– Je te le jure, dit doucement Shmuel. Cela dit, ce n'est pas le plus joli coin.

– Non.

– C'est beaucoup plus beau chez moi.

– Oui, mais c'est sûrement moins agréable que Berlin,

dit Bruno. Là-bas, nous avions une grande maison de cinq étages, si on comptait le sous-sol et la petite mansarde avec la fenêtre tout en haut. Et il y avait plein de rues ravissantes et des marchands de fruits et légumes et beaucoup de cafés. Si tu veux aller à Berlin, je te déconseille de te promener le samedi après-midi en ville parce qu'il y a trop de monde et que tu risques de te faire bousculer. Mais c'était encore mieux avant que les choses changent.

– Qu'est-ce que tu veux dire ? demanda Shmuel.

– C'était beaucoup plus tranquille, expliqua Bruno, qui n'aimait pas trop évoquer ce qui avait changé. Et je pouvais lire le soir dans mon lit. Maintenant, il y a du bruit, qui fait peur. Et nous devons éteindre la lumière dès que la nuit tombe.

– Ma ville est plus agréable que Berlin, dit Shmuel qui n'y avait jamais mis les pieds. Les gens sont gentils et j'ai beaucoup de famille. Et puis, la nourriture est bien meilleure.

– Nous ne sommes pas du même avis, nous devons l'accepter, dit Bruno, qui ne voulait pas se disputer avec son nouvel ami.

– D'accord, dit Shmuel.

– Tu aimes explorer ? demanda Bruno au bout de quelques secondes.

– Je ne l'ai jamais fait, reconnut Shmuel.

– Quand je serai grand, je serai explorateur, dit Bruno en hochant vivement la tête. Pour le moment, je ne peux que lire des histoires d'explorateurs. Mais au moins comme ça, quand je le serai moi-même, je ne commettrai pas les mêmes erreurs qu'eux.

Shmuel fronça les sourcils.

– Quel genre d'erreur ? demanda-t-il.

– Des quantités, expliqua Bruno. L'essentiel dans l'exploration est de savoir si la découverte que l'on fait en vaut la peine. Certaines découvertes sont des choses intéressantes qui se trouvent là, simplement, occupées à leurs propres affaires, en attendant d'être découvertes, comme l'Amérique. Et parfois, ce sont des choses qu'il vaudrait mieux laisser à leur place, comme une souris morte derrière un placard.

– Je crois que j'appartiens à la première catégorie, dit Shmuel.

– Oui, confirma Bruno. Je crois aussi. Je peux te demander quelque chose ? ajouta-t-il après quelques secondes.

– Oui, fit Shmuel.

Bruno réfléchit car il voulait formuler sa question correctement.

– Pourquoi y a-t-il tant de gens de ton côté de la barrière ? Et que faites-vous là ?

Chapitre 11

Le Fourreur

Quelques mois plus tôt, juste après que Père eut reçu le nouvel uniforme qui obligeait dorénavant tout le monde à l'appeler « commandant », et juste avant que Bruno ne découvre Maria en train de faire ses valises, Père rentra à la maison dans un état d'excitation tout à fait inhabituel chez lui et vint trouver Mère, Bruno et Gretel qui lisaient au salon.

– Jeudi soir, annonça-t-il. Si nous avons des projets pour jeudi soir, nous devons les annuler.

– Tu en changes si tu veux, dit Mère, mais, en ce qui me concerne, je vais au théâtre avec…

– Le Fourreur souhaite m'entretenir en privé, dit Père, qui était autorisé à interrompre Mère, au contraire de tout le monde. J'ai reçu un coup de téléphone cet après-midi. Il n'est libre que jeudi et il s'est invité à dîner.

Mère écarquilla les yeux et sa bouche dessina un O. Bruno la regarda en se demandant s'il lui ressemblait lorsqu'il était surpris.

– Tu plaisantes, dit Mère, en pâlissant. Il vient ici ? Chez nous ?

Père acquiesça.

– À sept heures. Il vaudrait mieux réfléchir à un menu spécial.

– Oh, mon Dieu, dit Mère en roulant des yeux à la pensée de tout ce qu'elle avait à faire.

– Qui est le Fourreur ? demanda Bruno.

– Tu ne le prononces pas comme il faut, dit Père, en lui indiquant comment faire.

– Le Fourreur, répéta Bruno, qui, en dépit de ses efforts, ne parvenait pas à le dire correctement.

– Non, dit Père, le... Et, tant pis !

– Qui est-ce, alors ? redemanda Bruno.

Père le regarda avec stupéfaction.

– Tu sais pertinemment qui est le Fourreur, dit-il.

– Non, confirma Bruno.

– Le Fourreur dirige notre pays, espèce d'idiot, intervint Gretel, en crânant, comme toutes les sœurs. (C'était ce genre de choses qui faisait d'elle un cas si désespéré.) Tu ne lis donc pas le journal ?

– Ne traite pas ton frère d'idiot, s'il te plaît, dit Mère.

– Puis-je le traiter de stupide ?

– Je ne préfère pas.

Gretel se rassit d'un air déçu, mais tira la langue à Bruno.

– Il vient seul ? demanda Mère.

– J'ai oublié de le lui demander, dit Père. Mais je suppose qu'elle l'accompagnera.

– Oh, mon Dieu, répéta Mère, en se levant, puis elle énuméra mentalement le nombre de choses qu'elle avait à préparer d'ici jeudi, qui était le surlendemain.

Il faudrait nettoyer la maison de fond en comble, faire les carreaux, teinter et vernir la table de la salle à manger, commander le repas, faire laver et repasser les uniformes de la bonne et du majordome, astiquer la vaisselle et faire briller les verres jusqu'à ce qu'ils étincellent.

Quoi qu'il en soit et bien que la liste semblât s'allonger indéfiniment, Mère obtint que tout fût prêt à temps, en faisant remarquer cependant à tout bout de champ que la soirée pourrait être encore plus réussie si certaines personnes voulaient bien l'aider un peu.

Une heure avant l'arrivée du Fourreur, Gretel et Bruno furent convoqués au rez-de-chaussée et invités exceptionnellement à pénétrer dans le bureau de Père. Gretel avait une robe blanche et des chaussettes hautes, et elle était coiffée avec des anglaises. Bruno portait une chemise blanche, un short marron foncé et une cravate assortie. Il étrennait pour l'occasion une nouvelle paire de chaussures dont il était très fier, même si elles étaient trop petites pour lui. Elles lui serraient les pieds et lui donnaient une drôle de démarche. Tous ces préparatifs et ces beaux habits semblaient exagérés, car Bruno et Gretel n'étaient pas conviés au dîner, ayant mangé une heure plus tôt.

– Mes enfants, dit Père, en s'asseyant derrière son bureau et en regardant alternativement son fils et sa fille debout devant lui, vous savez qu'une soirée spéciale se prépare, n'est-ce pas ?

Ils hochèrent la tête.

– Et qu'il est très important pour ma carrière que tout se passe bien.

Ils acquiescèrent de nouveau.

– Certaines règles de base doivent être posées avant de commencer.

Père était un grand adepte des règles de base. Dès

qu'une occasion particulière ou importante se profilait à l'horizon, il en créait de nouvelles.

– Première règle, dit Père. À l'arrivée du Fourreur, vous attendez tranquillement dans l'entrée, prêts à le saluer. Ne parlez pas avant qu'il ne vous adresse la parole et répondez d'une voix claire, en prononçant distinctement les mots. Compris ?

– Oui, Père, fit Bruno dans sa barbe.

– Voilà exactement ce que je ne veux pas, dit Père, faisant référence au marmonnement de Bruno. Ouvrez la bouche et exprimez-vous comme des adultes. La dernière chose dont nous ayons besoin est que l'un ou l'autre fasse l'enfant. Si le Fourreur vous ignore, ne dites rien non plus, mais regardez droit devant vous, et montrez-lui le respect et la politesse qu'un grand dirigeant comme lui mérite.

– Bien sûr, Père, dit Gretel d'une voix très claire.

– Et lorsque Mère et moi serons à table avec le Fourreur, je vous demande de rester dans vos chambres sans faire de bruit. Pas question de courir partout ni de se laisser glisser le long de la rampe (et là, il regarda Bruno), ni de nous interrompre. Compris ? Je veux qu'aucun de vous ne crée de désordre.

Bruno et Gretel hochèrent la tête et Père se leva pour indiquer que la réunion était terminée.

– Alors, les règles sont posées, dit-il.

Trois quarts d'heure après, la sonnette retentissait et l'excitation était à son comble. Bruno et Gretel prirent place debout près de l'escalier et Mère attendit à leurs côtés, en se tordant nerveusement les mains. Père leur jeta un rapide coup d'œil et fit un signe de tête indiquant qu'il était satisfait de ce qu'il voyait, puis il ouvrit la porte.

Deux personnes se tenaient sur le seuil : un homme assez petit et une femme plus grande que lui.

Père les salua et les précéda dans l'entrée, où Maria, la tête encore plus baissée qu'à l'accoutumée, prit leurs manteaux et où les présentations furent faites. Les invités s'adressèrent d'abord à Mère, ce qui donna le temps à Bruno de les observer afin de décider s'ils méritaient tout le mal qu'on se donnait pour eux.

Le Fourreur était bien plus petit que Père et (Bruno le supposa) moins fort que lui. Il avait les cheveux noirs, coupés court, et une minuscule moustache (si minuscule en fait que Bruno se demanda pourquoi il prenait la peine d'en avoir une et s'il n'avait tout simplement pas oublié de se raser à cet endroit). En revanche, la femme qui l'accompagnait était de loin la plus belle qu'il eût jamais vue de sa vie. Elle avait les cheveux blonds et des lèvres écarlates et, pendant que le Fourreur parlait à Mère, elle se tourna vers Bruno et lui sourit, ce qui le fit rougir.

– Et voici mes enfants, Fourreur, dit Père tandis que Bruno et Gretel s'avançaient. Gretel et Bruno.

– Qui est qui ? demanda le Fourreur, à la grande hilarité de tout le monde, sauf de celle de Bruno, qui trouvait la réponse évidente et ne voyait pas en quoi il y avait matière à plaisanter.

Le Fourreur leur serra la main et Gretel fit une révérence prudente qu'elle avait longuement répétée. À la grande satisfaction de Bruno, elle la rata et faillit tomber.

– Quels charmants petits, dit la belle femme blonde. Et quel âge ont-ils, si je peux me permettre ?

– J'ai douze ans, mais lui n'en a que neuf, dit Gretel en regardant son frère d'un air méprisant. Et je parle français, ajouta-t-elle, ce qui n'était pas vrai, même si elle avait appris quelques expressions en classe.

– Mais pourquoi voudrais-tu parler français ? demanda le Fourreur, et cette fois, personne ne rit.

Au lieu de cela, tout le monde se dandina d'un pied sur l'autre, mal à l'aise. Gretel regarda le Fourreur, en se demandant s'il attendait une réponse.

Quoi qu'il en soit, la question fut rapidement résolue dans la mesure où le Fourreur, l'invité le plus grossier que Bruno eût jamais vu, fit demi-tour et entra directement dans la salle à manger où il s'assit aussitôt en bout de table (à la place de Père !), sans un mot. Légèrement dépités, Père et Mère le suivirent et Mère donna instruction à Lars de commencer à faire réchauffer la soupe.

– Je parle français aussi, dit la belle femme blonde, en se penchant vers les enfants avec un sourire. (Elle ne semblait pas craindre autant le Fourreur que Père et Mère.) Le français est une belle langue et tu fais bien de l'apprendre.

– Eva, cria le Fourreur de la salle à manger en claquant des doigts, comme pour appeler un petit chien.

La femme leva les yeux au ciel, puis se redressa lentement et se retourna.

– J'aime tes chaussures, Bruno, mais elles ont l'air petites pour toi, ajouta-t-elle en souriant. Si c'est le cas, tu devrais le dire à ta mère avant qu'elles ne te fassent souffrir.

– Elles sont un peu serrées, reconnut Bruno.

– D'habitude, je n'ai pas d'anglaises, dit Gretel, jalouse de l'attention que son frère recevait.

– Mais pourquoi ? demanda la femme. C'est tellement ravissant.

– Eva ! rugit encore le Fourreur et, cette fois, elle commença à s'éloigner.

– J'ai été ravie de vous rencontrer, dit-elle avant d'entrer dans la salle à manger, où elle s'assit à la gauche du Fourreur.

Gretel repartit vers l'escalier, mais Bruno resta cloué au sol. Il suivit des yeux la femme blonde jusqu'à ce qu'elle eût croisé à nouveau son regard et lui eût fait un petit signe de la main, juste au moment où Père apparaissait. Il ferma les portes et secoua la tête en regardant Bruno. Ce dernier comprit qu'il était temps de remonter dans sa chambre et de rester tranquille, sans faire de bruit, et certainement sans se laisser glisser le long de la rampe.

Le Fourreur et Eva restèrent pratiquement deux heures, mais ni Gretel ni Bruno ne furent invités à descendre leur dire au revoir. Bruno assista à leur départ de sa fenêtre. Il remarqua qu'en rejoignant leur voiture qui, à sa grande admiration, était conduite par un chauffeur, le Fourreur ne prit pas la peine d'ouvrir la portière à sa compagne, mais monta directement dedans et commença à lire son journal, alors que celle-ci était toujours en train de dire au revoir à Mère et de la remercier pour l'agréable dîner.

« Quel homme horrible », songea Bruno.

Plus tard ce soir-là, il surprit des bribes de conversation entre Père et Mère. Certaines remarques passaient par le trou de la serrure du bureau de Père ou sous sa porte et remontaient l'escalier, faisaient le tour du palier pour se glisser sous celle de Bruno. Ils parlaient fort, pour une fois, mais il ne comprit que des bouts de phrases :

– ... quitter Berlin. Et pour aller dans un endroit pareil... disait Mère.

– ... pas le choix, du moins si nous voulons continuer... disait Père.

– ... comme si c'était la chose la plus naturelle du monde. Alors que non, pas du tout... disait Mère.

– ... ce qui se passerait, c'est que je serais déporté et traité comme un... disait Père.

– ... qu'ils grandissent dans un endroit pareil... disait Mère.

– ... et le sujet est clos. Je ne veux plus entendre un mot... disait Père.

Ce fut sans doute la fin de leur discussion, car Mère quitta le bureau de Père et Bruno s'endormit.

Quelques jours plus tard, Bruno rentra de l'école et trouva Maria dans sa chambre, en train de sortir toutes ses affaires de l'armoire et de les ranger dans quatre grandes caisses en bois. Toutes ses affaires y compris celles qu'il avait cachées dans le fond et qui ne regardaient que lui, et c'est là que l'histoire commença.

Chapitre 12

Shmuel se demande que répondre à Bruno

– Voici ce que je sais, commença Shmuel. Avant de venir ici, je vivais avec mon père, ma mère et mon frère, Josef, dans un petit appartement au-dessus du magasin où papa fabriquait des montres. Nous prenions notre petit déjeuner ensemble à sept heures et, pendant que nous étions à l'école, papa réparait les montres que les gens lui apportaient ou en faisait des neuves. Il m'en avait même offert une belle, mais je ne l'ai plus. Elle avait un cadran en or et je la remontais tous les soirs avant de me coucher, elle était toujours juste.

– Qu'est-ce qu'il lui est arrivé ? demanda Bruno.

– Ils me l'ont prise, répondit Shmuel.

– Qui ?

– Les soldats, bien sûr, dit Shmuel, comme si cela tombait sous le sens. Et puis les choses ont commencé à changer, reprit-il. Un jour, je suis rentré de l'école et j'ai trouvé ma mère en train de coudre des brassards dans un drôle de tissu. Dessus, elle dessinait une étoile. Comme cela.

Shmuel traça le dessin de l'étoile dans la poussière avec le doigt.

– Et chaque fois que nous quittions la maison, elle nous demandait d'enfiler notre brassard.

– Mon père aussi en met un, sur son uniforme, dit Bruno. Il est très joli. Rouge avec un dessin noir et blanc.

Bruno traça le dessin dans la poussière de son côté de la barrière.

– Oui, mais ils sont différents, non ? dit Shmuel.

– Personne ne m'a jamais donné de brassard, dit Bruno.

– Moi je n'ai pas demandé à en porter, dit Shmuel.

– Tout de même, insista Bruno, j'aurais bien aimé en avoir un. Cela dit, je ne sais pas lequel je préfère, le tien ou celui de Père.

Shmuel secoua la tête et continua son histoire. D'habitude, il évitait de penser au passé car le souvenir de son ancienne vie au-dessus de l'horlogerie le rendait triste.

– Nous avons mis ce brassard pendant quelques mois, dit-il. Puis les choses ont à nouveau changé. Un jour, je suis rentré de l'école et Maman m'a annoncé que nous ne pouvions plus rester à la maison…

– C'est ce qui m'est arrivé aussi ! cria Bruno, ravi de ne pas être le seul garçon à avoir été obligé de déménager. Le Fourreur est venu dîner à la maison. Et, en un clin d'œil, je suis parti à Hoche-Vite. Je déteste cet endroit, affirma-t-il haut et fort. Le Fourreur est venu chez toi aussi ? Il a fait la même chose ?

– Non. Mais, après avoir appris que nous ne pouvions plus habiter chez nous, nous avons dû nous installer dans un autre quartier de Cracovie, où les soldats construisaient un grand mur. Et ma mère, mon père, mon frère et moi avons vécu dans une seule pièce.

– Tous les quatre ? demanda Bruno. Dans une pièce ?

– Et pas seulement nous, dit Shmuel. Il y avait une autre famille. Le père et la mère se disputaient sans arrêt, et un des fils, qui était plus grand que moi, me tapait dessus même quand je n'avais rien fait de mal.

– Vous n'avez pas pu vivre tous ensemble dans la même pièce, dit Bruno, en secouant la tête. C'est impossible.

– Si, confirma Shmuel, en hochant la tête. Onze en tout.

Bruno rouvrit la bouche pour le contredire (il ne croyait pas que onze personnes puissent vivre toutes ensemble dans une seule pièce), mais y renonça.

– Nous sommes restés là quelques mois, continua Shmuel, tous ensemble dans la même pièce où il n'y avait qu'une petite fenêtre. Mais je n'aimais pas regarder dehors à cause du mur. Je le haïssais, ce mur, parce que notre maison se trouvait de l'autre côté. Le quartier où nous étions à ce moment-là était le pire de la ville. Il y avait toujours du bruit et il était impossible de dormir. Et je haïssais Luka, le garçon qui passait son temps à me taper dessus alors que je n'avais rien fait de mal.

– Gretel me tape aussi, dit Bruno. C'est ma sœur, ajouta-t-il. Et un cas désespéré. Mais, bientôt, je serai plus grand et plus fort qu'elle et elle verra bien qui tapera.

– Puis, un jour, les soldats sont venus avec d'énormes

camions, poursuivit Shmuel, que Gretel n'intéressait pas le moins du monde. Ils ont ordonné à tous les gens de quitter leur maison. Beaucoup ne voulaient pas partir et se sont cachés où ils le pouvaient, mais je crois qu'ils ont tous été pris finalement. Et les camions nous ont conduits à un train, et le train... (Shmuel hésita quelques secondes et se mordit la lèvre. Bruno crut qu'il allait pleurer, mais ne comprit pas pourquoi.) Dans le train, c'était horrible, reprit Shmuel. Pour commencer, nous étions dix fois trop nombreux. Il n'y avait pas d'air pour respirer. Et cela sentait horriblement mauvais.

– C'est parce que vous êtes tous montés dans le même, dit Bruno en se rappelant les deux convois qu'il avait vus à la gare le jour où il avait quitté Berlin. Il y avait un deuxième train de l'autre côté du quai quand je suis parti pour venir ici, mais personne ne semblait le remarquer. Nous sommes montés dedans. Vous auriez dû le prendre.

– Je ne pense pas que nous en aurions eu le droit, dit Shmuel, en secouant la tête. Nous ne pouvions pas descendre des wagons.

– La porte était au bout, expliqua Bruno.

– Il n'y avait pas de porte.

– Bien sûr que si, il y avait une porte, dit Bruno, en soupirant. Elle était au bout, répéta-t-il, juste après la buvette.

– Il n'y avait pas de porte, insista Shmuel. Sinon, nous serions descendus.

Bruno marmonna quelque chose comme « Bien sûr que si, il y avait une porte », mais pas assez fort pour que Shmuel pût l'entendre.

– Quand le train s'est enfin arrêté, reprit Shmuel, nous

étions arrivés dans un endroit glacial et les soldats nous ont fait marcher jusqu'ici.

– Une voiture est venue nous chercher, dit Bruno.

– Maman a été séparée de nous, et Papa, Josef et moi avons été installés dans les baraquements là-bas, où nous sommes toujours.

Shmuel avait l'air affreusement triste en racontant son histoire et Bruno ne s'expliquait pas pourquoi. À ses yeux, elle n'était pas si terrible et paraissait, somme toute, très semblable à la sienne.

– Il y a beaucoup de garçons de ton côté ? demanda Bruno.

– Des centaines, répondit Shmuel.

Bruno écarquilla les yeux.

– Des centaines ? répéta-t-il, stupéfait. C'est affreusement injuste. De mon côté de la barrière, il n'y a personne avec qui jouer. Personne.

– Nous ne jouons pas, dit Shmuel.

– Vous ne jouez pas ? Et pourquoi donc ?

– À quoi jouerions-nous ? demanda Shmuel dont le visage se troubla à cette perspective.

– Je n'en sais rien. À des tas de jeux. Au football, par exemple. À explorer. Au fait, c'est comment l'exploration de ton côté ? Ça vaut le coup ?

Shmuel secoua la tête, mais ne répondit pas. Il se tourna vers les baraquements puis à nouveau vers Bruno. Il se refusait à poser la question qui lui brûlait les lèvres, mais des tiraillements dans son ventre l'y contraignirent.

– Tu n'aurais pas de quoi manger par hasard ?

– Malheureusement non, dit Bruno. Je voulais prendre du chocolat, mais j'ai oublié.

– Du chocolat, répéta Shmuel très lentement, un bout de langue pointant entre ses dents. Je n'en ai goûté qu'une fois.

– Une fois ? J'adore le chocolat. Je pourrais en manger sans m'arrêter, bien que Mère dise que cela risque de me gâter les dents.

– Tu n'as pas de pain, non plus ?

Bruno secoua la tête.

– Rien du tout, dit-il. Le dîner n'est pas servi avant six heures et demie. À quelle heure est le vôtre ?

Shmuel haussa les épaules et se leva.

– Je crois que je ferais mieux de rentrer.

– Tu pourrais peut-être venir dîner à la maison, proposa Bruno, qui n'était pas certain que ce fût possible.

– Peut-être, dit Shmuel, d'un ton peu convaincu.

– Ou alors, c'est moi qui viendrai, dit Bruno. Je pourrais rencontrer tes amis, ajouta-t-il plein d'espoir. (Il aurait aimé que l'initiative vînt de Shmuel, mais cela n'en prenait pas le chemin.)

– Tu es du mauvais côté de la barrière.

– Je pourrais me glisser dessous, dit Bruno en soulevant le grillage.

Entre deux poteaux télégraphiques, la clôture se soulevait facilement et un garçon de la taille modeste de Bruno pouvait aisément se faufiler dessous.

Shmuel le regarda et recula d'un air inquiet.

– Il faut que je rentre, dit-il.

– Dans ce cas, à une prochaine fois.

– Je n'ai pas le droit de venir ici. Si je me fais prendre, j'aurai des ennuis, dit Shmuel en s'éloignant.

Bruno remarqua alors la maigreur et la petitesse de son nouvel ami. Mais il ne lui fit aucune remarque car il savait à quel point il était désagréable d'être critiqué pour une chose aussi bête que sa taille. Et, pour rien au monde, il n'aurait voulu que Shmuel le trouvât méchant.

– Je reviendrai demain, cria Bruno au garçon qui s'en allait, mais Shmuel ne répondit pas.

Il s'était mis à courir, laissant Bruno sur place.

Ce dernier jugea qu'il avait fait le plein d'exploration pour la journée et prit le chemin du retour, tout excité par les derniers événements et impatient de raconter son aventure à Mère, Père, Gretel (qui risquait d'exploser de jalousie), Maria, la cuisinière et Lars, de leur apprendre l'existence de son nouvel ami avec ce drôle de nom et qui était né le même jour que lui ; mais plus il approchait de la maison, plus il doutait que ce fût une bonne idée.

Après tout, songea-t-il, ses parents s'opposeraient peut-être à ce qu'il soit l'ami de Shmuel et, dans ce cas, ils pourraient bien lui interdire de sortir. En arrivant à la porte de la maison et sentant le fumet du rôti qui s'échappait du four, il décida qu'il était préférable de garder son histoire pour lui et de n'en souffler mot à personne, du moins pour l'instant. Ce serait son secret. Enfin, le sien et celui de Shmuel.

Bruno était d'avis que, en ce qui concernait les parents, et plus particulièrement les sœurs, moins ils en savaient, mieux ils se portaient.

CHAPITRE 13

LA BOUTEILLE DE VIN

À mesure que les semaines se succédaient, il apparut clairement à Bruno qu'il ne rentrerait pas à Berlin dans un laps de temps indéterminé et pouvait faire une croix sur les glissades le long de la rampe de sa confortable maison et sur d'éventuelles retrouvailles avec Karl, Daniel ou Martin.

Quoi qu'il en soit, plus les jours passaient et plus il s'habituait à Hoche-Vite, se sentant moins malheureux de sa nouvelle vie. Après tout, le temps où il n'avait personne à qui parler était révolu. Tous les après-midi, dès la fin des cours, Bruno refaisait le trajet qui longeait la barrière pour retrouver son nouvel ami, Shmuel, et bavarder avec lui jusqu'à ce qu'il fût l'heure de rentrer. Et, au fil du temps, leurs rencontres finirent par compenser toutes les fois où Berlin lui avait manqué.

Un après-midi, alors que Bruno prenait du pain et du fromage dans le réfrigérateur pour remplir ses poches, Maria, qui allait entrer dans la cuisine, se figea sur le pas de la porte en le voyant.

– Bonjour, dit Bruno, en s'efforçant de paraître naturel. Vous m'avez fait peur. Je ne vous ai pas entendue arriver.

– Vous n'allez pas manger ? demanda Maria avec un sourire. Vous avez déjeuné, n'est-ce pas ? Vous avez encore faim ?

– Un peu, dit Bruno. Je vais me promener et j'avais peur d'avoir un petit creux en chemin.

Maria haussa les épaules et mit une casserole d'eau à bouillir sur la cuisinière. Sur la paillasse juste à côté, des carottes et des pommes de terre attendaient Pavel qui arrivait plus tard dans l'après-midi pour les éplucher. Bruno était sur le point de partir, quand les légumes attirèrent son attention et une question, qui lui brûlait les lèvres depuis longtemps, lui traversa l'esprit. Il n'avait trouvé personne à qui la poser jusqu'ici mais, cette fois, c'était le bon moment et le bon interlocuteur.

– Maria, dit-il, puis-je vous poser une question ?

La bonne se retourna et le regarda d'un air surpris.

– Bien sûr, monsieur Bruno, dit-elle.

– Si je vous la pose, vous me promettez de ne le répéter à personne ?

Maria plissa les yeux d'un air soupçonneux, mais acquiesça.

– Entendu. Que voulez-vous savoir ?

– C'est à propos de Pavel, dit-il. Vous le connaissez, n'est-ce pas ? C'est l'homme qui vient éplucher les légumes et servir à table.

– Oh, oui, s'exclama Maria en souriant. (Elle semblait soulagée que la question ne portât pas sur un sujet plus sérieux.) Je connais Pavel. Nous avons beaucoup parlé ensemble. Que voulez-vous savoir ?

– Eh bien voilà, se lança Bruno en choisissant soigneusement ses mots de peur de dire une bêtise. Vous vous rappelez le jour où je me suis fait une balançoire sur le chêne juste après que nous sommes arrivés ici et où je me suis coupé au genou en tombant ?

– Oui, répondit Maria. Vous avez de nouveau mal ?

– Non, ce n'est pas cela, poursuivit Bruno. Mais, quand je suis tombé, Pavel était la seule grande personne à la maison. Il m'a ramené à la cuisine, a nettoyé mon genou et l'a désinfecté, puis il a mis du liquide vert dessus, qui piquait mais je suppose que cela soignait bien, et il a collé un pansement sur la plaie.

– C'est ce que tout le monde aurait fait à sa place, dit Maria.

– Je sais, continua Bruno. Seulement après, il m'a dit qu'il n'était pas maître d'hôtel.

Maria se raidit et demeura muette, préférant détourner les yeux. Puis elle se passa la langue sur les lèvres et hocha la tête.

– Je vois, reprit-elle. Qu'a-t-il dit qu'il était ?

– Il a dit qu'il était docteur, répondit Bruno. Ce qui était sans doute faux. Il n'est pas docteur, n'est-ce pas ?

– Non, fit Maria en secouant la tête. Non, il n'est pas docteur. Il est maître d'hôtel.

– Je le savais, exulta Bruno. Pourquoi m'a-t-il menti, alors ? Cela ne tient pas debout.

– Pavel n'est plus docteur, Bruno, expliqua Maria en baissant la voix. Mais il l'a été. Dans une autre vie. Avant de venir ici.

Bruno fronça les sourcils et réfléchit à la question :

– Je ne comprends pas.

– Vous n'êtes pas le seul.

– Mais, s'il était docteur, pourquoi ne l'est-il plus ?

Maria soupira et regarda par la fenêtre pour s'assurer que personne ne venait, puis elle indiqua les chaises à Bruno d'un signe de tête et tous deux s'assirent.

– Si je vous raconte la vie de Pavel, commença-t-elle, vous ne devez en parler à personne. Vous comprenez ? Nous aurions de terribles ennuis.

– Je ne dirai rien, assura Bruno, qui adorait les secrets et ne les divulguait jamais, sauf en cas d'extrême nécessité, évidemment.

Dans ces cas-là, il n'y était pour rien.

– D'accord. Voici ce que je sais.

Bruno arriva en retard à l'endroit où il retrouvait Shmuel tous les jours près de la barrière, mais son nouvel ami l'attendait assis par terre en tailleur, comme d'habitude.

– Pardon d'être en retard, dit-il, en lui faisant passer du pain et du fromage à travers le grillage (ce qu'il n'avait pas mangé en chemin parce qu'il avait eu faim pour finir). Je parlais avec Maria.

– Qui est Maria ? demanda Shmuel, sans lever les yeux tandis qu'il engloutissait avidement la nourriture.

– C'est notre bonne, expliqua Bruno. Elle est formidable et pourtant Père dit qu'elle est trop bien payée. Elle me parlait de Pavel qui épluche nos légumes et nous sert à table. Je crois qu'il habite de ton côté de la barrière.

Shmuel leva les yeux et cessa de manger.

– De mon côté ? demanda-t-il.

– Oui. Tu le connais ? Il est très vieux et il a une veste blanche qu'il met pour servir le dîner. Tu l'as sûrement vu.

– Non, répondit Shmuel, en secouant la tête. Je ne le connais pas.

– Mais si, forcément, protesta Bruno d'un air énervé, comme si Shmuel faisait preuve de mauvaise volonté. Il n'est pas aussi grand que certains adultes, il a les cheveux gris et il est un peu voûté.

– Je crois que tu ne te rends pas compte du nombre de gens qui vivent de mon côté de la barrière. Nous sommes des milliers.

– Mais lui s'appelle Pavel, insista Bruno. Quand je suis tombé de ma balançoire, il a nettoyé la coupure pour ne pas qu'elle s'infecte et il a mis un pansement sur ma jambe. La raison pour laquelle je voulais t'en parler, c'est qu'il est polonais. Comme toi.

– Nous sommes presque tous polonais, dit Shmuel. Bien qu'il y en ait qui viennent d'ailleurs, de Tchécoslovaquie et...

– Oui, mais c'est pour cela que j'ai pensé que tu le connaissais. En tout cas, il était docteur dans la ville où il habitait avant d'arriver ici, mais il n'a plus le droit de l'être. Et si Père apprenait qu'il m'a désinfecté le genou quand je me suis fait mal, il y aurait du grabuge.

– Les soldats n'aiment pas que les gens aillent mieux, dit Shmuel en avalant le dernier bout de pain. Ils préfèrent le contraire, en général.

Bruno acquiesça, sans comprendre, et tourna les yeux vers le ciel. Puis son regard retraversa le grillage et il posa une autre question qui le démangeait :

– Tu sais ce que tu veux faire plus tard ?

– Oui, répondit Shmuel. Je veux travailler dans un zoo.

– Un zoo ?

– J'aime les animaux, dit doucement Shmuel.

– Je serai soldat, affirma Bruno d'un ton déterminé. Comme Père.

– Je n'aimerais pas être soldat.

– Mais je ne veux pas ressembler au lieutenant Kotler, précisa vivement Bruno. Je ne veux pas être un soldat qui marche à grandes enjambées comme s'il était maître des lieux, qui rit avec ma sœur et fait des messes basses avec ma mère dans diverses pièces de la maison. Je suis sûr que c'est un mauvais soldat. Pas comme Père, en tout cas. Un des meilleurs.

– Il n'y a pas de bons soldats, dit Shmuel.

– Bien sûr que si, il y en a.

– Qui ?

– Père, pour commencer, répondit Bruno. C'est pour cela qu'il a un uniforme aussi épatant, et que tout le monde l'appelle « commandant » et obéit à ses ordres. Le Fourreur a de grands projets pour lui parce que c'est un bon soldat.

– Il n'y a pas de bons soldats, répéta Shmuel.

– Sauf Père, répéta Bruno, en espérant que Shmuel n'insisterait pas car il n'avait pas envie de se disputer avec lui. (Il était tout compte fait son seul ami à Hoche-Vite. Mais Père était Père, et Bruno n'aimait pas que l'on dise du mal de lui.)

Bruno et Shmuel restèrent silencieux quelques minutes, aucun des deux ne voulant prononcer des mots qu'il regretterait.

– Tu n'as pas idée de ce que nous vivons ici, finit par murmurer Shmuel, si bas que Bruno l'entendit à peine.

– Tu n'as pas de sœur, n'est-ce pas ? s'empressa-t-il de lui demander, feignant de ne pas avoir entendu afin de ne pas avoir à répondre.

– Non, dit Shmuel en secouant la tête.

– Tu as de la chance, dit Bruno. Gretel n'a que douze ans et elle croit tout savoir, mais c'est un cas véritablement désespéré. Elle se met devant sa fenêtre pour regarder dehors et, dès qu'elle aperçoit le lieutenant Kotler, elle se précipite dans l'entrée, en faisant semblant d'être là depuis longtemps. L'autre jour, je l'ai surprise en train de le faire. Et quand le lieutenant est entré, elle lui a sauté dessus en lui disant : « C'est incroyable, lieutenant Kotler, je ne pensais pas vous trouver ici », alors que je sais qu'elle l'attendait.

Bruno n'avait pas regardé Shmuel pendant cette dernière tirade et, quand il finit par lever les yeux, il remarqua que son ami était encore plus pâle que d'habitude.

– Qu'est-ce qui ne va pas ? demanda-t-il. On croirait que tu vas vomir.

– Je n'aime pas parler de lui, dit Shmuel.

– De qui ? demanda Bruno.

– Du lieutenant Kotler. Il me fait peur.

– Il me fait un peu peur aussi, reconnut Bruno. C'est une brute. Et il sent bizarre. C'est à cause de cette eau de Cologne dont il s'asperge.

À ces mots, Shmuel se mit à trembler et Bruno regarda autour de lui, comme s'il pouvait voir le froid plutôt que de le sentir.

– Qu'y a-t-il ? demanda-t-il. Il ne fait pas si froid, n'est-ce pas ? Tu aurais dû prendre un pull-over. Les nuits commencent à fraîchir.

* * *

Plus tard ce soir-là, Bruno fut désagréablement surpris de découvrir que le lieutenant Kotler dînait avec Mère, Père, Gretel et lui. Pavel portait sa veste blanche comme toujours et faisait le service.

Bruno le dévisagea tandis qu'il tournait autour de la table et, chaque fois que ses yeux tombaient sur lui, il était envahi de tristesse. Il se demanda si la veste blanche que Pavel portait en tant que maître d'hôtel était la même que sa blouse de médecin. Après avoir apporté les assiettes et les avoir placées devant chaque convive, et pendant que ceux-ci mangeaient et parlaient, Pavel se plaçait près du mur, parfaitement immobile, et regardait droit devant lui, dans le vide, comme s'il dormait debout, les yeux grands ouverts.

Chaque fois que quelqu'un réclamait quelque chose, Pavel l'apportait aussitôt mais, plus Bruno l'observait, plus il avait le pressentiment d'une catastrophe imminente. Le maître d'hôtel semblait rapetisser avec les semaines, si tant est que ce fût possible, et ses joues paraissaient se vider de leur couleur. Il avait les yeux gonflés de larmes et Bruno songea que, s'il clignait trop fort des paupières, il libérerait un torrent.

Lorsque Pavel entra avec les assiettes, Bruno ne put s'empêcher de remarquer que ses mains tremblaient légèrement sous leur poids. Et lorsqu'il recula pour rejoindre sa position habituelle, il dut s'appuyer au mur avec la main pour garder l'équilibre. Mère fut obligée de lui demander deux fois qu'il lui resserve de la soupe et il oublia la bouteille de vin vide sur la table sans penser à en ouvrir une autre pour remplir le verre de Père.

– M. Liszt nous empêche de lire de la poésie et des pièces de théâtre, se plaignit Bruno pendant le plat principal. (Comme elle avait un hôte, toute la famille était en tenue de gala : Père en uniforme, Mère dans une robe verte qui soulignait ses yeux, et Gretel et Bruno dans les habits du dimanche qu'ils mettaient pour aller à l'église à Berlin.) Je lui ai demandé si nous pouvions en lire une fois par semaine, mais il a répondu non. Pas tant qu'il serait responsable de notre éducation.

– Il a ses raisons, dit Père en s'attaquant à une tranche d'agneau.

– Il veut ne nous faire étudier que l'histoire et la géographie. Et je commence à les détester.

– Ne dis pas « détester », Bruno, s'il te plaît, intervint Mère.

– Pourquoi détestes-tu l'histoire ? demanda Père, en posant sa fourchette et en regardant son fils, qui haussait les épaules de l'autre côté de la table, une bien mauvaise habitude.

– Parce que c'est ennuyeux.

– Ennuyeux ? Mon fils trouve l'étude de l'histoire ennuyeuse ? Laisse-moi te dire quelque chose, Bruno, continua-t-il en se penchant en avant et en pointant son couteau vers lui. C'est à cause de l'histoire que nous sommes ici aujourd'hui. Sans l'histoire, aucun de nous ne serait assis à cette table ce soir. Nous serions gentiment à Berlin dans notre salle à manger. Nous corrigeons l'histoire actuellement.

– Oui, mais c'est quand même ennuyeux, répéta Bruno, sans prêter attention aux paroles de son père.

– Je vous prie d'excuser mon frère, lieutenant Kotler, intervint Gretel, en posant sa main sur le bras du lieutenant, ce qui fit tiquer Mère. C'est un petit garçon très ignorant.

– Je ne suis pas ignorant, répliqua Bruno qui en avait assez de ces insultes. Je vous prie d'excuser ma sœur, lieutenant Kotler, ajouta-t-il poliment, mais c'est un cas désespéré. Il n'y a pas grand-chose à faire pour elle. Les docteurs pensent que personne ne peut plus rien pour elle.

– Tais-toi, dit Gretel, en rougissant comme une écrevisse.

– Toi, tais-toi, rétorqua Bruno avec un large sourire.

– Les enfants, s'il vous plaît, les coupa Mère.

Père tapa du couteau sur la table et tout le monde se tut. Bruno lui jeta un coup d'œil à la dérobée et constata qu'il n'avait pas l'air en colère, mais semblait plutôt avoir eu son compte de disputes.

– J'aimais beaucoup l'histoire quand j'était petit, raconta Kotler au bout de quelques secondes de silence. D'ailleurs, bien que mon père fût professeur de littérature à la faculté, je préférais les sciences sociales aux matières artistiques.

– Je n'en savais rien, Kurt, dit Mère, en se tournant vers lui. Il enseigne toujours ?

– Probablement, répondit le jeune homme. Je n'ai pas de certitude, en fait.

– Comment cela ? demanda-t-elle, en le regardant d'un air contrarié. Vous n'avez pas de relation avec lui ?

Le jeune lieutenant mâcha une bouchée d'agneau qui lui fournit l'occasion de réfléchir à une réponse. Il regarda Bruno, comme s'il regrettait d'avoir abordé le sujet.

– Kurt, répéta Mère, n'avez-vous pas de relation avec votre père ?

– Pas vraiment, répondit-il en haussant les épaules

avec dédain et sans la regarder. Il a quitté l'Allemagne, il y a quelques années. En 1938, je crois. Je ne l'ai pas revu depuis.

Père s'arrêta de manger et fixa le lieutenant Kotler avec un léger froncement de sourcils.

– Et il est allé où ? s'enquit-il.

– Je vous demande pardon, commandant ? fit le lieutenant, bien que Père se fût exprimé d'une voix parfaitement claire.

– Je veux savoir où il est allé. Votre père. Le professeur de littérature. Dans quel pays s'est-il rendu quand il a quitté l'Allemagne ?

Le lieutenant rougit légèrement et répondit en bégayant :

– Je crois... je crois qu'il est en Suisse. Aux dernières nouvelles, il enseignait dans une université de Berne.

– Mais la Suisse est un beau pays, s'empressa d'ajouter Mère. Je n'y suis jamais allée, je l'avoue, mais d'après ce que j'ai entendu...

– Il n'est sûrement pas très âgé, votre père, reprit Père d'une voix puissante qui leur imposa le silence. Vous avez... quoi ? Dix-sept ? Dix-huit ans ?

– Je viens d'avoir dix-neuf ans, commandant.

– Alors votre père doit avoir dans les quarante ans, je suppose ?

Le lieutenant Kotler ne répondit pas, mais continua de manger bien qu'il ne semblât pas en avoir réellement envie.

– C'est étrange qu'il n'ait pas choisi de rester dans sa patrie, dit Père.

– Mon père et moi ne sommes pas très proches, ajouta rapidement le lieutenant, en jetant des regards autour de la table comme s'il devait une explication à chacun. Croyez-moi, nous ne nous parlons plus depuis des années.

– Et quelle raison a-t-il donnée, si je peux me permettre, pour quitter l'Allemagne au moment où sa gloire était la plus grande et où elle avait plus que jamais besoin de nous ? Un moment où il incombe à chacun de participer au renouveau national. Est-il tuberculeux ?

Le lieutenant Kotler regarda Père d'un air troublé.

– Je vous demande pardon ? demanda-t-il.

– Est-il allé en Suisse pour profiter du grand air ? précisa Père. Ou avait-il une raison particulière de quitter l'Allemagne ? En 1938 ? ajouta-t-il après quelques secondes.

– Je crains de ne pas avoir la réponse, commandant, répondit le lieutenant Kotler. Il faudrait le lui demander.

– Cela paraît difficile, maintenant. Sachant qu'il est si loin. Mais peut-être était-ce le cas. Peut-être était-il malade. (Père hésita avant de reprendre son couteau et sa fourchette, et de se remettre à manger.) À moins qu'il ait été... en désaccord.

– En désaccord, commandant ?

– Avec la politique gouvernementale. Certaines histoires circulent sur des hommes tels que lui. De drôles de types, je suppose. Des détraqués pour certains. Des traîtres pour d'autres. Des lâches également. Vous avez bien sûr informé vos supérieurs des opinions de votre père, lieutenant Kotler ?

Le jeune lieutenant ouvrit la bouche et déglutit, bien qu'il ne mangeât rien.

– Cela n'a pas d'importance, conclut Père d'un ton enjoué. Ce n'est peut-être pas un sujet de conversation à table. Nous en discuterons plus avant à un autre moment.

– Commandant, dit le lieutenant Kotler, en se penchant en avant d'un air inquiet. Je peux vous assurer que…

– Ce n'est pas un sujet de conversation à table, répéta Père d'une voix coupante, qui le fit taire sur-le-champ.

Bruno les regardait à tour de rôle, réjoui et effrayé à la fois par l'atmosphère qui régnait.

– J'adorerais aller en Suisse, lança Gretel après un silence qui s'éternisait.

– Finis ton assiette, Gretel, la coupa Mère.

– Mais je disais juste…

– Finis ton assiette, répéta Mère qui s'apprêtait à continuer mais fut interrompue par Père qui appelait à nouveau Pavel.

– Qu'est-ce qui t'arrive ce soir ? lui demanda-t-il au moment où celui-ci débouchait une autre bouteille. C'est la quatrième fois que je réclame du vin.

Bruno regarda Pavel, en espérant qu'il se sentait bien, notant qu'il réussissait néanmoins à retirer le bouchon sans incident. Mais, après avoir rempli le verre de Père et s'être tourné pour remplir celui du lieutenant Kotler, sa main glissa et la bouteille se cassa sur la table, renversant son contenu en glougloutant sur les genoux du lieutenant.

Ce qui se passa ensuite fut inattendu et extrêmement déplaisant. Le lieutenant Kotler se mit terriblement en colère contre Pavel et personne (ni Bruno, ni Gretel, ni Mère, ni même Père) ne s'interposa pour l'empêcher de faire ce qu'il fit après, même si aucun d'entre eux ne put regarder, même si cela fit pleurer Bruno et rendit Gretel toute pâle.

Plus tard ce soir-là, en se couchant, Bruno se remémora les incidents qui avaient émaillé le dîner. Il repensa à la gentillesse de Pavel le jour où il s'était construit sa balançoire, la façon dont ce dernier avait arrêté le saignement de son genou et la délicatesse avec laquelle il avait appliqué le liquide vert. Et, bien qu'il reconnût que Père était en général un homme bon et attentionné, il trouvait injuste que personne n'eût empêché le lieutenant Kotler de se mettre tellement en colère contre Pavel. Si c'était ce genre de choses qui se passaient à Hoche-Vite, alors il ferait mieux de ne plus être en désaccord avec quiconque sur quoi que ce soit. Pour tout dire, il était préférable de se taire et ne pas se faire remarquer. Certaines personnes pourraient ne pas apprécier.

Son ancienne vie à Berlin relevait désormais du souvenir lointain et Bruno se rappelait avec difficulté à quoi ressemblait Karl, Daniel ou Martin, si ce n'était que l'un d'eux était roux.

CHAPITRE 14

BRUNO RACONTE UN MENSONGE PARFAITEMENT JUSTIFIÉ

Après ce fameux soir, Bruno continua pendant plusieurs semaines à quitter la maison après que M. Liszt était rentré chez lui et, tandis que Mère faisait une de ses petites siestes, il parcourait le trajet interminable le long de la barrière pour retrouver Shmuel qui l'attendait presque tous les après-midi, assis par terre en tailleur, fixant la poussière au sol.

Un jour, Shmuel avait un œil au beurre noir et Bruno lui en demanda la raison. Pour toute réponse, Shmuel secoua la tête et prétendit ne pas vouloir en parler. Bruno supposa que le monde entier était peuplé de brutes et pas uniquement les écoles berlinoises, et que l'œil au beurre noir était probablement imputable à l'une d'elles. Il ressentit le besoin pressant d'aider son ami, mais fut incapable de trouver le moyen de le soulager. Par ailleurs, il voyait bien que Shmuel voulait faire comme si rien ne s'était passé.

Chaque fois qu'ils se retrouvaient, Bruno demandait à Shmuel s'il pouvait se faufiler sous la barrière afin qu'ils pussent jouer ensemble de l'autre côté. Et chaque fois, Shmuel refusait, arguant que ce n'était pas une bonne idée.

– De toute façon, je ne comprends pas pourquoi tu as tellement envie de venir de ce côté, disait Shmuel. Ce n'est pas très agréable.

– Essaie un peu d'habiter chez moi, disait Bruno. Pour commencer, la maison n'a pas cinq, mais trois étages seulement. Comment peut-on demander à quelqu'un de vivre dans un espace aussi restreint ?

Il avait oublié l'histoire de Shmuel et des onze personnes qui vivaient dans une seule pièce avant d'arriver à Hoche-Vite, dont le fameux Luka qui n'arrêtait pas de le taper même quand il n'avait rien fait de mal.

Un jour, Bruno demanda à Shmuel pourquoi lui et tous les autres de son côté de la barrière portaient le même pyjama rayé avec le calot assorti.

– C'est la tenue que les soldats nous ont donnée à notre arrivée, répondit Shmuel. Ils nous ont pris nos vêtements.

– Il ne t'arrive jamais de te réveiller le matin en ayant envie de mettre autre chose ? Tu as forcément une tenue différente dans ton armoire.

Shmuel cligna des yeux et ouvrit la bouche pour lui répondre, mais se ravisa.

– En plus, je n'aime pas les rayures, ajouta Bruno, bien que ce ne fût pas vrai.

En réalité, il les aimait beaucoup et en avait plus qu'assez de porter des pantalons, des chemises, des cravates et des chaussures trop petites pour lui, alors que Shmuel et ses amis avaient le droit de rester en pyjama rayé toute la journée.

Quelques jours plus tard, Bruno se réveilla pour la première fois depuis des semaines sous une pluie battante. Elle avait dû commencer à tomber pendant la nuit et il songea qu'elle l'avait sans doute même réveillé, mais ne pouvait l'affirmer car, une fois tiré de son sommeil, il n'y avait plus moyen de savoir ce qui l'avait éveillé. La pluie persista pendant le petit déjeuner. Elle persista pendant les cours du matin avec M. Liszt, pendant le déjeuner et après une énième leçon d'histoire et de géographie l'après-midi. C'était une très mauvaise chose, qui signifiait que Bruno ne pourrait pas quitter la maison et retrouver Shmuel.

Cet après-midi-là, il s'allongea sur son lit avec un livre, mais fut incapable de se concentrer et, juste au même moment, le cas désespéré lui rendit visite. Gretel venait rarement le voir dans sa chambre, préférant consacrer son temps libre à arranger et réarranger sa collection de poupées. Quoi qu'il en soit, le temps pluvieux l'avait détournée de son jeu et elle n'envisageait pas de s'y remettre de sitôt.

– Qu'est-ce que tu veux ? demanda Bruno.

– Quel accueil chaleureux ! remarqua Gretel.

– Je lis, dit Bruno.

– Qu'est-ce que tu lis ? demanda-t-elle.

Plutôt que de lui répondre, Bruno lui montra la couverture pour qu'elle vît par elle-même.

Gretel siffla entre ses dents d'un air réprobateur et des postillons atterrirent sur le visage de Bruno.

– Ennuyeux, chantonna-t-elle.

– Ce n'est pas ennuyeux du tout, répliqua Bruno. C'est un livre d'aventures. C'est toujours plus intéressant que les poupées, en tout cas.

Gretel ne mordit pas à l'hameçon.

– Qu'est-ce que tu fais ? répéta-t-elle, agaçant davantage Bruno.

– Je te l'ai déjà dit, j'essaie de lire, répondit-il de mauvaise humeur. Si certaines personnes me laissaient tranquille.

– Je n'ai rien à faire. Je déteste la pluie.

Bruno fut interloqué. Gretel n'avait pas d'activités, contrairement à lui, qui vivait de grandes aventures, explorait des endroits, et s'était fait un ami. Elle allait rarement dehors. On aurait dit qu'elle avait décidé de s'ennuyer sous prétexte que, ce jour-là, elle n'avait d'autre choix que de rester à la maison. Il n'en demeurait pas moins qu'il y avait des moments où un frère et une sœur pouvaient baisser les armes quelques secondes pour se parler comme des êtres humains civilisés. Et Bruno décida que ce moment était un de ceux-là.

– Moi aussi, je déteste la pluie, dit-il. À cette heure-ci, je devrais être avec Shmuel. Il va penser que je l'ai oublié.

Les mots étaient sortis de sa bouche trop vite pour qu'il pût les arrêter. Il ressentit une douleur au ventre et s'en voulut cruellement d'avoir laissé échapper une telle information.

– Tu devrais être avec qui ? demanda Gretel.

– Qu'est-ce que tu dis ? répondit Bruno, en clignant des yeux.

– Avec qui tu devrais être ?

– Je te demande pardon ? dit Bruno, s'efforçant de réfléchir rapidement. Je ne t'ai pas bien entendue. Tu pourrais répéter ?

– Avec qui tu devrais être ? cria-t-elle, en se penchant vers lui de façon qu'il n'y eût plus aucune ambiguïté.

– Je n'ai jamais dit que je devrais être avec quelqu'un.

– Si. Tu as dit que quelqu'un penserait que tu l'avais oublié.

– Pardon ?

– Bruno ! fit-elle d'une voix terrifiante.

– Tu es folle ? demanda-t-il, tentant de la persuader qu'elle avait tout inventé.

Mais Bruno n'était pas très convaincant, car il n'était pas, comme Grand-mère, un acteur-né. Et Gretel secoua la tête en le menaçant du doigt.

– Bruno, qu'est-ce que tu as dit ? insista-t-elle. Tu as dit qu'il y avait quelqu'un avec qui tu devrais être. Qui est-ce ? Il n'y a personne avec qui jouer ici, n'est-ce pas ?

Bruno réfléchit au dilemme dans lequel il était plongé. D'un côté, sa sœur et lui avaient un point commun fondamental : ils n'étaient pas des adultes. Et, bien qu'il ne lui eût jamais demandé, Bruno se doutait qu'elle devait se sentir aussi seule que lui à Hoche-Vite. À Berlin, elle pouvait jouer avec Hilda, Isobel et Louise. Elles étaient peut-être odieuses, mais elles étaient ses amies. Ici, elle n'avait personne à part sa collection de poupées. Après tout, qui savait si Gretel n'était pas folle ? Elle pensait peut-être que ses poupées lui parlaient.

D'un autre côté, il y avait le fait indéniable que Shmuel était son ami et pas celui de Gretel, et Bruno n'avait aucune envie de le partager. Il ne restait qu'une solution : mentir.

– J'ai un nouvel ami, commença-t-il. Un nouvel ami que je vais voir tous les jours. Et il est sûrement en train de m'attendre. Mais tu ne dois en parler à personne.

– Pourquoi ?

– Parce que c'est un ami imaginaire, répondit Bruno,

en faisant de son mieux pour avoir l'air gêné, comme l'avait été le lieutenant Kotler quand il s'était trouvé piégé par son histoire de père en Suisse. Nous jouons ensemble tous les jours.

Gretel ouvrit la bouche, regarda son frère et éclata de rire.

– Un ami imaginaire ! s'écria-t-elle. Tu n'es pas un peu vieux pour cela ?

Bruno fit un effort pour paraître honteux et mal à l'aise, afin de rendre son mensonge plus crédible encore. Il se tortilla sur son lit en évitant de regarder Gretel dans les yeux. Cela fonctionna à merveille et le conduisit à penser qu'il n'était finalement pas si mauvais acteur. Il aurait bien aimé rougir mais, sur commande, c'était difficile. Alors il se remémora des situations gênantes qu'il avait vécues au cours des dernières années, en se demandant si le stratagème fonctionnerait.

Il repensa à la fois où il avait oublié de fermer à clef les cabinets quand, soudain, Grand-mère était entrée, et avait tout vu. À la fois où il avait levé la main en classe et appelé la maîtresse « Mère », et où tout le monde s'était moqué de lui. À la fois où il était tombé de bicyclette devant un groupe de filles alors qu'il tentait une figure, s'était coupé et avait pleuré.

Un des souvenirs honteux joua son rôle et un fard commença d'envahir ses joues.

– Regarde-toi, dit Gretel, le confirmant. Tu es tout rouge.

– Parce que je ne voulais pas t'en parler, dit Bruno.

– Un ami imaginaire. Franchement, Bruno, tu es un cas désespéré.

Bruno sourit pour deux raisons dont il était certain :

la première était que son mensonge l'avait tiré d'affaire ; la deuxième, que s'il y avait un cas désespéré dans la maison, ce n'était pas lui.

– Laisse-moi tranquille, je veux lire mon livre.

– Et pourquoi tu ne fermerais pas les yeux en demandant à ton ami imaginaire de te le lire ? ironisa Gretel, très contente d'elle, car elle avait un motif de taquinerie et ne comptait pas l'abandonner si vite. Cela t'éviterait de le faire toi-même.

– Je pourrais peut-être lui demander de jeter toutes tes poupées par la fenêtre, suggéra-t-il.

– Fais-le et tu le regretteras, menaça Gretel et il comprit qu'elle était sérieuse. Dis-moi une chose, Bruno. Que faites-vous ensemble, toi et ton ami imaginaire, qui le rende si particulier ?

Bruno réfléchit à la question. Il se rendit compte qu'il avait envie de parler de Shmuel et tenait peut-être le moyen de le faire sans avoir à révéler son existence.

– Nous parlons de tout, répondit-il. Je lui parle de notre maison à Berlin et des autres maisons, des rues et des marchands de fruits et légumes, des cafés. Je lui dis qu'il ne faut pas aller en ville le samedi après-midi, à moins d'avoir envie de se faire bousculer. Je lui parle de Karl, de Daniel et de Martin, mes trois meilleurs amis pour la vie.

– Comme c'est intéressant, commenta Gretel d'un ton sarcastique, car elle venait juste d'avoir treize ans et pensait que le sarcasme était le comble de la distinction. Et que te raconte-t-il ?

– Il me parle de sa famille et de l'horlogerie au-dessus de laquelle il vivait, des aventures qu'il a traversées pour venir ici, de ses anciens amis et des gens qu'il connaît à

Hoche-Vite, des garçons avec lesquels il jouait, mais avec qui il ne joue plus parce qu'ils ont disparu, sans même lui dire au revoir.

– Cela a l'air désopilant, dit Gretel. Si seulement il était mon ami imaginaire !

– Hier, il m'a annoncé que personne n'avait vu son grand-père depuis plusieurs jours et qu'on ne savait pas où il était passé. Chaque fois qu'il en parle à son père, celui-ci se met à pleurer et le serre dans ses bras tellement fort qu'il craint d'être étouffé.

Bruno arriva au bout de sa phrase en se rendant compte qu'il avait considérablement baissé la voix. C'étaient effectivement des choses que Shmuel lui avait confiées, mais, sur le moment, il n'avait pas bien réalisé à quel point elles avaient dû attrister son ami. En les disant lui-même à voix haute, il se sentit affreusement gêné de ne pas avoir essayé de trouver les mots pour réconforter Shmuel, au lieu de parler de bêtises, comme d'exploration. « Je lui demanderai pardon demain », se promit-il.

– Si Père apprenait que tu parles à un ami imaginaire, tu te ferais enguirlander, dit Gretel. Je crois que tu devrais arrêter.

– Pourquoi ? demanda-t-il.

– Parce que cela n'est pas sain. C'est le premier signe de la folie.

Bruno hocha la tête.

– Je ne peux pas m'arrêter, avoua-t-il après un très long silence. Je n'en ai pas envie.

– Tout de même, insista Gretel, qui devenait de plus en plus amicale à chaque seconde. Si j'étais toi, je le garderais pour moi.

– Tu as peut-être raison, approuva Bruno, en essayant d'avoir l'air triste. Tu ne le diras à personne, n'est-ce pas ?

Elle secoua la tête.

– À personne. À part à mon amie imaginaire.

Bruno s'étouffa.

– Tu en as une ? demanda-t-il, en essayant de se représenter Gretel quelque part ailleurs près de la barrière, en train de parler à une fille de son âge, toutes deux rivalisant d'ironie à longueur de temps.

– Non, s'exclama-t-elle en riant. J'ai treize ans, enfin ! Je ne peux pas me permettre de me comporter comme une enfant sous prétexte que tu le fais.

Sur ces paroles, elle sortit en trombe de la chambre et Bruno l'entendit parler à ses poupées de l'autre côté du palier. Elle les grondait pour s'être mises en désordre dès qu'elle avait eu le dos tourné, ce qui l'obligeait à les réarranger. Est-ce qu'elles croyaient qu'elle n'avait rien de mieux à faire de son temps ?

– Certaines personnes ! dit-elle tout fort avant de se mettre au travail.

Bruno essaya de reprendre son livre, mais il avait perdu tout intérêt. Il préféra regarder la pluie tomber, en se demandant si Shmuel, où qu'il fût, pensait à lui aussi et si leurs conversations lui manquaient également.

CHAPITRE 15

QUELQUE CHOSE QU'IL N'AURAIT PAS DÛ FAIRE

Il plut par intermittence pendant plusieurs semaines et Bruno et Shmuel ne purent se voir autant qu'ils l'auraient souhaité. En ces rares occasions, Bruno se surprenait à s'inquiéter pour son ami, qui lui paraissait plus maigre de jour en jour et dont le visage était de plus en plus gris. Parfois, Bruno emportait davantage de pain et de fromage à son intention et, de temps à autre, il parvenait à dissimuler une part de gâteau au chocolat dans sa poche. Mais la route était longue de la maison à leur point de rendez-vous près de la barrière et il arrivait que Bruno eût faim en chemin, et s'aperçût qu'une bouchée de gâteau en entraînait une autre, qui elle-même en appelait une autre. Ce qui fait que, au bout du compte, il ne restait plus qu'un tout petit bout qu'il aurait été déplacé de proposer à Shmuel dans la mesure où il n'aurait fait qu'aiguiser son appétit au lieu de le satisfaire.

L'anniversaire de Père approchait et, bien qu'il eût souhaité que l'on n'en fît pas tout un plat, Mère organisa une réception avec l'ensemble des officiers en poste à Hoche-Vite, incluant force préparatifs. Chaque fois qu'elle s'asseyait pour échafauder une nouvelle liste de choses à faire pour la soirée, le lieutenant Kotler était à ses côtés pour l'aider. Il semblait y avoir entre eux bien plus de listes que nécessaire.

Bruno décida d'en constituer une de son côté. Une liste de toutes les raisons pour lesquelles il n'aimait pas le lieutenant Kotler.

À commencer par le fait qu'il ne souriait jamais et avait toujours l'air d'essayer de trouver quelqu'un à spolier.

Les rares fois où il s'adressait à Bruno, il l'appelait toujours « petit homme », ce qui relevait de la méchanceté pure car, comme Mère l'avait fait remarquer, Bruno n'avait pas fini sa croissance.

Sans oublier qu'il passait son temps au salon avec Mère à lui raconter des histoires drôles, auxquelles elle riait bien plus volontiers qu'à celles de Père.

Une fois, tandis que Bruno regardait par la fenêtre de sa chambre, il vit un chien approcher de la barrière en aboyant fort. Entendant les aboiements, le lieutenant Kotler s'était rué sur le chien et l'avait tué d'une balle.

Ensuite, il y avait cette attitude absurde de Gretel qui se précipitait dehors dès que le lieutenant était dans les parages.

Et Bruno ne pouvait oublier le soir où Pavel, le maître d'hôtel qui était en réalité un docteur, avait subi les foudres du lieutenant Kotler.

Par ailleurs, chaque fois que Père était appelé à Berlin et y passait la nuit, le lieutenant Kotler traînait à la maison en maître : il était encore là quand Bruno se couchait et déjà là quand il se réveillait.

Bruno avait encore bien d'autres raisons de ne pas

aimer le lieutenant Kotler, mais c'étaient les toutes premières qui lui venaient à l'esprit.

L'après-midi qui précéda la fête d'anniversaire, Bruno était dans sa chambre, la porte ouverte, quand il entendit le lieutenant Kotler arriver à la maison en parlant avec quelqu'un qui ne lui répondait pas. Quelques minutes plus tard, alors qu'il descendait l'escalier, il entendit Mère donner des instructions pour la soirée et le lieutenant Kotler lui répondre : « Ne vous inquiétez pas, celui-là sait où est son intérêt », avant de partir d'un rire mauvais.

Bruno se rendait au salon avec le nouveau livre que Père lui avait offert, *L'Île au trésor*, dans l'intention de s'y installer et de lire une à deux heures, quand, en traversant l'entrée, il tomba nez à nez avec l'officier, qui sortait de la cuisine.

– Bonjour, petit homme, dit le lieutenant, en se moquant de lui comme à son habitude.

– Bonjour, répondit Bruno, d'un air contrarié.

– Qu'est-ce que tu fais là ?

Bruno le dévisagea et se mit aussitôt à songer à de nouvelles raisons de le détester.

– Je vais lire mon livre là, dit-il en indiquant le salon.

Sans un mot, le lieutenant lui prit le livre des mains et commença à le feuilleter :

– *L'Île au trésor* ? De quoi ça parle ?

– D'une île, répondit lentement Bruno pour être sûr que le lieutenant suivît correctement. Et d'un trésor.

– J'aurais deviné, reprit Kotler, en regardant Bruno d'un air qui signifiait qu'il aurait bien aimé lui faire subir quelques sévices s'il avait été son fils, et non celui du commandant. Raconte-moi autre chose.

– Il y a un pirate qui s'appelle Long John Silver. Et un garçon, qui s'appelle Jim Hawkins.

– Un Anglais ? demanda Kotler.

– Oui.

– Grrrrr, grogna le lieutenant.

Bruno le regarda en se demandant combien de temps Kotler allait garder son livre. Le lieutenant n'avait pas l'air particulièrement intéressé par l'ouvrage, mais lorsque Bruno tendit la main pour le reprendre, l'officier le mit hors de portée.

– Excuse-moi, dit-il en le lui tendant une nouvelle fois. Mais, quand Bruno avança la main pour le récupérer, il refit la même chose. Excuse-moi, répéta-t-il, en le lui tendant à nouveau.

Mais, cette fois, Bruno le lui arracha avant qu'il ne pût l'écarter.

– C'est qu'on serait rapide, siffla le lieutenant entre ses dents.

Bruno essaya de passer devant lui mais, pour une raison inconnue, le lieutenant Kotler semblait désireux de lui parler.

– Alors, prêt pour la réception ? demanda-t-il.

– Oui, répondit Bruno, qui avait passé pas mal de temps avec Gretel ces derniers jours et développé un certain goût pour le sarcasme. Mais vous, je ne sais pas.

– Il y aura beaucoup de monde, dit le lieutenant Kotler, en inspirant profondément et en regardant autour de lui, comme s'il se fût agi de sa maison et non de celle de Bruno. On va bien se tenir, n'est-ce pas ?

– Moi, oui, répondit Bruno. Mais vous, je ne sais pas.

– Tu as la langue bien pendue pour un si petit homme, remarqua Kotler.

Bruno plissa les yeux en songeant qu'il aurait bien aimé être plus grand, plus fort et plus vieux de huit ans. Une boule de colère explosa en lui, qui lui fit regretter de ne pas avoir le courage de dire le fond de sa pensée. C'était une chose, décréta-t-il, de recevoir des ordres de Mère ou de Père (ce à quoi il pouvait s'attendre et qu'il jugeait parfaitement normal), mais c'en était une autre de se faire dicter sa conduite par un étranger. Même si celui-ci portait le titre ronflant de « lieutenant ».

– Oh, Kurt, chéri, vous êtes encore là, dit Mère, en sortant de la cuisine et en avançant vers eux. J'ai un peu de temps libre si... Oh ! s'exclama-t-elle, en avisant son fils. Bruno ! Que fais-tu là ?

– J'allais dans le salon lire mon livre, répondit Bruno. Du moins, j'essayais.

– Eh bien, file à la cuisine en attendant, ordonna-t-elle. J'ai deux mots à dire en privé au lieutenant.

Ils pénétrèrent ensemble dans le salon et le lieutenant Kotler ferma les portes au nez de Bruno.

Fulminant, il entra dans la cuisine et eut la plus grande surprise de sa vie. Assis à la table, bien loin de son côté de la barrière, se trouvait Shmuel. Bruno n'en crut pas ses yeux.

– Shmuel, s'écria-t-il. Que fais-tu là ?

Shmuel leva les yeux et son visage terrifié s'éclaira d'un large sourire en reconnaissant son ami.

– Bruno ! dit-il.

– Que fais-tu là ? répéta Bruno, car, bien qu'il ne comprît toujours pas ce qui se tramait de l'autre côté de la barrière, quelque chose chez les gens de là-bas le conduisait à penser qu'ils n'étaient pas les bienvenus dans sa maison.

– Il m'a amené ici, dit Shmuel.

– Il ? demanda Bruno. Tu ne parles pas du lieutenant Kotler ?

– Si. Il m'a dit qu'un travail m'attendait.

Et lorsque Bruno tourna son regard, il vit soixante-quatre petits verres, ceux dont Mère se servait pour boire son xérès médicinal, alignés sur la table et, à côté, une cuvette remplie d'eau chaude savonneuse et plusieurs serviettes.

– Mais qu'est-ce tu fabriques ? demanda Bruno.

– Ils m'ont demandé de nettoyer les verres, répondit Shmuel. Ils avaient besoin de quelqu'un avec des doigts fins.

Comme preuve de ce que Bruno savait déjà, Shmuel tendit la main et Bruno ne put s'empêcher de remarquer qu'elle ressemblait à celle du faux squelette que M. Liszt avait apporté pour le cours d'anatomie.

– Je ne m'en étais jamais aperçu, dit Bruno d'une voix incrédule, presque pour lui-même.

– Jamais aperçu de quoi ? demanda Shmuel.

Pour toute réponse, Bruno tendit la main et la plaqua sur celle de Shmuel, de façon à ce que le bout de leur majeur s'effleure.

– Nos mains, dit-il. Elles sont tellement différentes. Regarde !

Ils baissèrent les yeux en même temps, la différence était criante. Bien que Bruno fût petit pour son âge, et pas bien gros, sa main était saine et pleine de vie. Ses veines n'étaient pas visibles sous la peau et ses doigts guère plus gros que des brindilles de bois mort. En revanche, celle de Shmuel racontait une tout autre histoire.

– Comment est-elle devenue comme cela ? demanda Bruno.

– Je n'en sais rien, répondit Shmuel. Autrefois, elle était comme la tienne, mais je n'ai pas remarqué qu'elle changeait. De mon côté de la barrière, tout le monde est pareil.

Bruno fronça les sourcils. Il repensa aux gens en pyjama rayé et se demanda ce qui pouvait bien se passer à Hoche-Vite et si ce n'était pas une mauvaise chose, dans la mesure où les gens avaient l'air tellement malade. Tout cela ne tenait pas debout. Se refusant à regarder plus longtemps la main de Shmuel, il se retourna pour ouvrir le réfrigérateur, et y chercha de quoi manger. Il trouva un demi-poulet farci qui restait du déjeuner et ses yeux pétillèrent de plaisir. Le poulet froid farci à l'oignon et à la sauge faisait partie des rares choses qui mettaient Bruno en joie. Il prit un couteau dans le tiroir et s'en coupa plusieurs grosses tranches qu'il recouvrit de farce, puis se tourna vers son ami.

– Je suis drôlement content que tu sois là, dit-il la bouche pleine. Si seulement tu n'avais pas les verres à nettoyer, je te montrerais ma chambre.

– Il m'a ordonné de ne pas bouger de ma chaise, sinon j'aurais des ennuis.

– Je ne ferais pas attention à lui si j'étais toi, dit Bruno, s'efforçant de paraître plus courageux qu'il ne l'était. Ce n'est pas sa maison, mais la mienne. Et quand Père n'est pas là, c'est moi qui commande. Tu te rends compte qu'il n'a jamais lu *L'Île au trésor* ?

Shmuel ne semblait pas vraiment l'entendre, il avait les yeux fixés sur les tranches de poulet et la farce que Bruno engouffrait avec désinvolture. Au bout de quelques secondes, ce dernier finit par s'en rendre compte et se sentit immédiatement coupable.

– Je te demande pardon, Shmuel, s'empressa-t-il de dire. J'aurais dû te servir du poulet aussi. Tu as faim ?

– C'est une question qu'il ne faut jamais me poser, répondit Shmuel, qui, bien qu'il n'eût jamais rencontré Gretel de sa vie, s'y connaissait également en sarcasme.

– Attends une seconde, je vais t'en couper, et Bruno ouvrit le réfrigérateur, puis coupa trois autres tranches de poulet.

– Non, si jamais il revient... dit Shmuel en secouant vivement la tête et en jetant des coups d'œil vers la porte.

– Si qui revient ? Tu ne parles pas du lieutenant Kotler ?

– Je suis censé nettoyer les verres, expliqua Shmuel d'un air désespéré, en regardant alternativement la cuvette d'eau devant lui et les tranches de poulet que Bruno lui tendait.

– Il n'y verra pas d'inconvénient, objecta Bruno, désorienté par l'inquiétude de Shmuel. Ce n'est que de la nourriture.

– Je ne peux pas, répondit Shmuel au bord des larmes, en faisant non de la tête. Il va revenir. Je le sais, continua-t-il, les phrases s'enchaînant à toute allure. J'aurais dû les manger quand tu me les as proposées. Maintenant, c'est trop tard. Si je les prends, il va entrer et...

– Shmuel ! Tiens ! s'exclama Bruno en fourrant les tranches dans la main de son ami. Mange-les. Il en reste plein pour nous. Ne t'en fais pas pour cela.

Le garçon considéra les aliments quelques secondes puis il leva la tête et dévisagea Bruno avec des yeux reconnaissants, mais terrifiés. Il jeta un dernier regard vers la porte et prit sans doute sa décision, car il enfourna les trois tranches d'un coup dans sa bouche et les avala en moins de vingt secondes.

– Tu n'as pas besoin de les manger si vite, dit Bruno. Tu vas te rendre malade.

– Ça m'est égal, répondit Shmuel avec un pâle sourire. Merci, Bruno.

Bruno lui rendit son sourire et s'apprêtait à lui proposer autre chose à manger, mais, au même moment, le lieutenant Kotler apparut dans la cuisine et s'arrêta net en les voyant discuter. Bruno le regarda et sentit l'atmosphère devenir pesante. Il vit les épaules de Shmuel s'affaisser, tandis qu'il tendait la main pour prendre un verre et le nettoyer. Sans un regard pour Bruno, le lieutenant Kotler fonça sur Shmuel et le fixa d'un œil mauvais.

– Qu'est-ce que tu fiches ? hurla-t-il. Ne t'ai-je pas dit de nettoyer ces verres ?

Shmuel hocha vivement la tête et se mit à trembler en prenant une serviette et en la trempant dans l'eau.

– Qui t'a dit que tu avais la permission de parler dans cette maison ? poursuivit le lieutenant. Tu oses me désobéir ?

– Non, monsieur, dit doucement Shmuel. Je vous présente mes excuses.

Shmuel leva les yeux et découvrit le lieutenant penché sur lui d'un air contrarié, la tête inclinée de côté pour examiner son visage.

– Tu as mangé ? demanda-t-il à voix basse, comme s'il n'y croyait pas lui-même.

Shmuel secoua la tête.

– Tu as mangé, insista le lieutenant Kotler. Tu as volé de la nourriture dans le réfrigérateur ?

Shmuel ouvrit la bouche et la referma. Il l'ouvrit à nouveau et tenta de trouver les mots, mais en vain. Il se tourna vers Bruno et le supplia du regard.

– Réponds-moi ! cria le lieutenant Kotler. As-tu volé quelque chose dans le réfrigérateur ?

– Non, monsieur. Il me l'a donné, dit Shmuel, les yeux remplis de larmes, en regardant Bruno à la dérobée. Il est mon ami, ajouta-t-il.

– Ton... ? commença le lieutenant Kotler, en se tournant vers Bruno d'un air perplexe. (Il hésita.) Comment cela, il est ton ami ? demanda-t-il. Tu connais ce garçon, Bruno ?

Bruno ouvrit la bouche et tenta de se rappeler comment s'en servir pour articuler un « oui ». Il n'avait jamais vu personne avoir aussi peur que Shmuel à cet instant et aurait voulu trouver les mots pour dénouer la situation, mais se rendit compte qu'il en était incapable, parce qu'il était lui-même aussi terrifié que l'était son ami.

– Connais-tu ce garçon ? répéta Kotler plus fort. As-tu parlé à des prisonniers ?

– Je... Il était là quand je suis entré, dit Bruno. Il nettoyait les verres.

– Ce n'est pas ce que je te demande, dit le lieutenant. L'as-tu déjà vu auparavant ? Pourquoi prétend-il que tu es son ami ?

Bruno aurait voulu fuir. Il haïssait le jeune officier, mais ce dernier marchait droit sur lui, et ses pensées furent toutes monopolisées par cet après-midi où il l'avait vu tirer sur un chien et à cette soirée où Pavel l'avait tellement mis en colère qu'il...

– Réponds, Bruno ! hurla Kotler dont le visage devenait rouge. Je ne te le demanderai pas une troisième fois.

– Je ne lui ai jamais parlé, lança aussitôt Bruno. Je ne l'ai jamais vu de ma vie. Je ne le connais pas.

Le lieutenant Kotler hocha la tête, satisfait de la réponse. Puis il se retourna très lentement vers Shmuel, qui ne pleurait plus, mais fixait vaguement le sol, avec l'air de celui qui essaie de convaincre son âme de ne plus vivre dans son corps minuscule, mais de s'en échapper, de prendre la porte et de s'élever dans le ciel, en glissant à travers les nuages jusqu'à l'infini.

– Finis de nettoyer les verres, dit le lieutenant Kotler à voix basse, si basse que Bruno l'entendit à peine. (On aurait cru que sa colère s'était transformée en un autre sentiment, pas le contraire de la colère, mais quelque chose d'inattendu et d'abominable.) Ensuite, je viendrai te chercher et je te ramènerai au camp, où nous aurons une petite discussion sur ce qui arrive aux garçons qui volent. Tu m'as compris ?

Shmuel hocha la tête et prit une nouvelle serviette pour nettoyer un verre. Bruno s'aperçut que ses mains tremblaient et comprit qu'il était terrorisé à l'idée d'en casser un. Il se sentit défaillir mais, en dépit de l'envie qu'il en avait, il ne put détourner les yeux.

– Allons, petit homme, dit le lieutenant Kotler qui revenait vers lui et entourait ses épaules d'un bras inamical. Va dans le salon lire ton livre et laisse ce petit « ... » terminer son travail, conclut-il en employant le même mot qu'il avait employé à l'égard de Pavel la fois où il l'avait envoyé chercher le pneu.

Bruno acquiesça et sortit de la cuisine sans regarder en arrière. Son ventre était tout retourné et il crut qu'il allait vomir. Il n'avait jamais eu aussi honte de sa vie. Il n'aurait jamais imaginé se conduire de façon aussi cruelle. Il se demanda comment un garçon qui croyait être quelqu'un de bien avait pu se comporter de manière aussi lâche à l'égard d'un ami. Il resta assis au salon pendant plusieurs heures sans pouvoir se concentrer sur son livre et n'osa revenir à la cuisine que tard ce soir-là, après que le lieutenant Kotler était venu récupérer Shmuel pour l'emmener.

Chaque après-midi qui suivit, Bruno revint à l'endroit de la barrière où ils se retrouvaient, mais Shmuel n'était jamais là. Après presque une semaine, il fut convaincu d'avoir fait quelque chose de tellement horrible que Shmuel ne lui pardonnerait jamais. Mais, le septième jour, il fut heureux de constater que son ami l'attendait, assis par terre en tailleur, comme toujours, fixant la poussière au sol.

– Shmuel ! s'écria-t-il, en courant s'asseoir en face de lui, pleurant presque de soulagement et de regret. Je te demande pardon, Shmuel. Je ne sais pas pourquoi j'ai fait cela. Dis-moi que tu me pardonnes.

– Ne t'en fais pas, répondit Shmuel en levant les yeux.

Il avait le visage couvert d'ecchymoses. Bruno fit la grimace et en oublia de s'excuser plus avant.

– Que t'est-il arrivé ? demanda-t-il, sans attendre la réponse. C'est à cause de ta bicyclette ? Figure-toi qu'il m'est arrivé la même chose à Berlin, il y a deux ans. Je suis tombé parce que j'allais trop vite. J'ai eu des bleus pendant des semaines. Cela te fait mal ?

– Je ne sens plus rien, dit Shmuel.

– Pourtant ça a l'air de faire mal.

– Je ne sens plus rien à présent, répéta Shmuel.

– Je te demande pardon pour la semaine dernière,

reprit Bruno. Je hais le lieutenant Kotler. Il croit qu'il commande, mais ce n'est pas vrai. (Il hésita quelques secondes, car il ne voulait pas s'égarer. Il tenait à réexprimer son sentiment une fois pour toutes, de tout son cœur.) Je te demande vraiment pardon, Shmuel, déclara-t-il d'une voix claire. Je n'arrive pas à croire que j'ai été incapable de lui dire la vérité. Je n'ai jamais laissé tomber un ami comme cela. Shmuel, j'ai honte de moi.

À ces mots, Shmuel sourit et hocha la tête, et Bruno sut qu'il était pardonné. Puis son ami fit quelque chose qu'il n'avait jamais fait auparavant. Il souleva la clôture par le bas comme il le faisait chaque fois que Bruno lui apportait de la nourriture mais, en la circonstance, il tendit la main et la garda tendue, dans l'attente que Bruno fît de même, puis les deux garçons se serrèrent la main et se sourirent.

C'était la toute première fois qu'ils se touchaient.

CHAPITRE 16

LA COUPE DE CHEVEUX

Cela faisait presque un an que Bruno était rentré à la maison et avait trouvé Maria en train de faire ses valises, si bien que ses souvenirs de Berlin s'étaient estompés. En y réfléchissant, il se souvenait que Karl et Martin faisaient partie de ses trois meilleurs amis pour la vie, mais il avait beau essayer, il ne se rappelait plus le nom du troisième. Puis un événement les obligea à quitter Hoche-Vite pendant deux jours et à retourner dans leur ancienne maison. Grand-mère était décédée et la famille se rendait à son enterrement.

Sur place, Bruno se rendit compte qu'il n'était plus aussi petit qu'au moment où il était parti, puisqu'il voyait par-dessus certaines choses alors que ce n'était pas le cas auparavant. Au cours de son séjour à la maison, il put regarder par la fenêtre du dernier étage et voir tout Berlin sans avoir à se mettre sur la pointe des pieds.

Bruno n'avait pas revu sa grand-mère depuis qu'il avait quitté Berlin, mais il pensait à elle tous les jours. Ce qu'il se rappelait le mieux, c'étaient les spectacles que Gretel, elle et lui jouaient à Noël et aux anniversaires, et le don qu'elle avait de toujours trouver le costume parfait, quel que fût le rôle qu'il interprétait. Le fait que ces choses fussent révolues le plongeait dans une tristesse réelle.

Les deux jours qu'ils passèrent à Berlin furent également sombres. Il y eut les funérailles auxquelles Père, Mère, Grand-père, Gretel et lui assistèrent, assis au premier rang. Père avait revêtu le plus impressionnant de ses uniformes, celui qui était amidonné et repassé, et couvert de décorations. Père était particulièrement affligé, avait expliqué Mère à Bruno, parce qu'il s'était fâché avec Grand-mère et ne s'était pas réconcilié avec elle avant sa mort.

De nombreuses couronnes furent livrées à l'église, parmi lesquelles une du Fourreur qui fit la fierté de Père. Mais, en l'apprenant, Mère déclara que Grand-mère se retournerait probablement dans sa tombe si elle le savait.

Bruno fut presque heureux de rentrer à Hoche-Vite. Cette maison était devenue la sienne et il avait cessé de s'en faire parce qu'elle n'avait que trois étages au lieu de cinq. Et puis, cela lui était égal que les soldats entrent et sortent de là comme s'ils étaient chez eux. Il réalisa peu à peu que sa situation n'était pas si mauvaise que cela, surtout maintenant qu'il connaissait Shmuel. Il était conscient de pouvoir se réjouir d'un certain nombre de choses, comme de la bonne humeur quasi permanente de Père et Mère par exemple, ou du fait que Mère ne fît plus autant de siestes et ne bût plus autant de xérès médicinal. Par ailleurs Gretel traversait une phase (pour citer Mère) et évitait de croiser son chemin.

Et puis le lieutenant Kotler avait été muté loin de Hoche-Vite et n'était plus dans les parages pour mettre toujours Bruno en colère ou le contrarier. Son départ avait été soudain et Père et Mère s'étaient violemment disputés à ce propos tard dans la nuit. Mais le lieutenant était parti, pour de bon, et il n'était pas près de revenir. Gretel était inconsolable. Voilà encore quelque chose dont il pouvait se réjouir : plus personne ne l'appellerait « petit homme ».

Mais le mieux dans tout cela était qu'il avait un ami, Shmuel.

Il aimait marcher le long de la barrière tous les après-midi et il était ravi de constater que son ami semblait plus heureux ces derniers temps, ses yeux étaient moins enfoncés, bien que son corps restât terriblement maigre et son visage, d'un gris déplaisant.

Un jour qu'il était assis en face de lui à sa place habituelle, Bruno fit cette remarque :

– C'est l'amitié la plus étrange que j'ai jamais eue.

– Pourquoi ? demanda Shmuel.

– Parce que j'ai toujours pu jouer avec les garçons qui étaient mes amis. Alors qu'avec toi, jamais. Tout ce que nous pouvons faire, c'est nous asseoir ici et discuter.

– J'aime bien m'asseoir ici et discuter, dit Shmuel.

– Moi aussi, bien sûr, approuva Bruno. Mais c'est vraiment dommage que nous ne puissions pas faire quelque chose de plus rigolo de temps à autre. Explorer, par exemple. Ou jouer au football. Nous ne nous sommes jamais vus sans ce grillage pour nous séparer.

Bruno lançait souvent ce genre de remarques, car il aurait voulu que l'incident au cours duquel il avait renié son amitié pour Shmuel quelques mois plus tôt ne se fût jamais produit. Ce souvenir continuait de le hanter et de le mortifier, bien que Shmuel semblât l'avoir oublié, ce qui était tout à son honneur.

– Peut-être qu'un jour nous pourrons jouer ensemble, dit-il. Si jamais ils nous laissent sortir.

Bruno s'interrogeait de plus en plus sur les deux côtés de la barrière et la raison de son existence. Il envisagea de questionner Père ou Mère sur ce sujet, mais se douta qu'ils le gronderaient, ne serait-ce que pour en avoir parlé, ou bien lui diraient des choses désagréables sur Shmuel et sa famille. Alors il préféra faire quelque chose de très inhabituel. Il décida d'aller trouver le cas désespéré.

La chambre de Gretel avait considérablement changé depuis la dernière fois qu'il y était entré. Pour commencer, il n'y avait plus une seule poupée à l'horizon. Un après-midi, un mois plus tôt environ, à peu près au moment où le lieutenant Kotler avait quitté Hoche-Vite, Gretel avait décrété qu'elle n'aimait plus les poupées et les avait fourrées dans quatre grands sacs qu'elle avait jetés. À la place, elle avait accroché au mur des cartes de l'Europe que Père lui avait données et, chaque jour, elle y enfonçait de petites épingles qu'elle bougeait sans arrêt après avoir lu le journal. Bruno se demandait si elle n'était pas en train de devenir folle. Il n'empêche qu'elle le taquinait et le tyrannisait moins qu'auparavant. Il en avait donc déduit qu'il n'y aurait sans doute pas d'obstacle à lui parler.

– Bonjour, dit-il, après avoir frappé poliment à la porte, sachant qu'elle se mettait en colère s'il entrait sans le faire.

– Qu'est-ce que tu veux ? demanda Gretel, en train de faire des essais de coiffure devant sa coiffeuse.

– Rien, répondit Bruno.

– Alors, va-t'en.

Bruno hocha la tête, mais entra quand même et s'assit au bord du lit. Gretel l'observa du coin de l'œil, mais ne fit aucun commentaire.

– Gretel, se décida Bruno. Je peux te demander quelque chose ?

– À condition de faire vite.

– Tout ici à Hoche-Vite... commença-t-il, mais Gretel l'interrompit aussitôt.

– Ce n'est pas Hoche-Vite, Bruno, dit-elle avec colère, comme s'il avait commis la pire erreur de l'histoire du monde. Pourquoi ne le prononces-tu pas comme il faut ?

– C'est Hoche-Vite, protesta-t-il.

– Non, insista-t-elle, en lui indiquant comment prononcer correctement le nom du camp.

Bruno se renfrogna et haussa les épaules.

– Mais c'est ce que je viens de dire.

– Non. Mais je ne vais pas discuter avec toi, s'agaça Gretel qui perdait déjà patience, n'en ayant que peu. Quelle est ta question ? Que veux-tu savoir ?

– Je veux que tu me parles de la barrière, répondit résolument Bruno, qui l'avait élue sujet le plus important. Pourquoi est-elle là ?

Gretel se retourna sur son siège et le regarda avec curiosité.

– Tu ne le sais pas ?

– Non, répondit Bruno. Je ne comprends pas pourquoi nous n'avons pas le droit d'aller de l'autre côté. Qu'avons-nous fait de mal pour ne pas avoir la permission de jouer là-bas ?

Gretel le regarda et éclata de rire, ne s'arrêtant qu'en constatant que Bruno ne plaisantait pas.

– Bruno, chantonna-t-elle d'une voix sotte, comme s'il

s'agissait de la chose la plus évidente du monde, la barrière n'est pas là pour nous empêcher d'aller de l'autre côté, mais pour les empêcher de venir de notre côté.

Bruno réfléchit à ce qu'elle venait de dire, mais n'y vit pas plus clair.

– Mais pourquoi ? demanda-t-il.

– Parce qu'il faut qu'ils restent entre eux, expliqua Gretel.

– Avec leurs familles, tu veux dire ?

– Enfin, oui, avec leurs familles. Mais surtout avec ceux de leur espèce.

– Comment cela, ceux de leur espèce ?

Gretel soupira et secoua la tête.

– Avec les autres Juifs, Bruno. Tu ne le savais pas ? C'est pour cela qu'ils doivent rester entre eux. Et ne pas se mélanger avec nous.

– Juifs, dit Bruno qui prononçait le mot pour la première fois. (Il aimait bien sa sonorité.) Juifs, répéta-t-il. Tous les gens de l'autre côté de la barrière sont juifs.

– Exactement, confirma Gretel.

– Et nous sommes juifs ?

Gretel ouvrit grand la bouche, comme si elle venait de recevoir une gifle.

– Non, Bruno. Bien sûr que non, nous ne le sommes pas. Et tu ne devrais même pas dire une chose pareille.

– Mais pourquoi ? Nous sommes quoi, alors ?

– Nous sommes... commença Gretel, mais elle fut contrainte de s'arrêter pour réfléchir à la question. Nous sommes... répéta-t-elle, sans savoir vraiment quelle était la réponse. Nous ne sommes pas juifs, conclut-elle.

– Je le sais, dit Bruno, excédé. Ce que je te demande c'est ce que nous sommes, si nous ne sommes pas juifs.

– Nous sommes le contraire, répondit Gretel, se dépêchant de lui donner une réponse dont elle fut bien plus satisfaite. Oui, c'est cela. Nous sommes le contraire.

– Entendu, approuva Bruno, ravi que l'affaire fût enfin résolue. Et les Contraires vivent de ce côté de la barrière et les Juifs de l'autre.

– C'est cela, Bruno.

– Les Juifs n'aiment pas les Contraires, alors ?

– Non, c'est nous qui ne les aimons pas, espèce d'idiot.

Bruno se renfrogna. Gretel s'était maintes fois fait répéter de ne pas le traiter d'idiot, mais elle persistait.

– Pourquoi ne les aimons-nous pas ? demanda-t-il.

– Parce qu'ils sont juifs, répondit Gretel.

– Je vois. Les Contraires et les Juifs ne s'entendent pas.

– Non, Bruno, répondit Gretel, en traînant sur les mots, car elle venait de découvrir quelque chose d'inattendu dans ses cheveux et l'examinait attentivement.

– Quelqu'un ne pourrait pas les réunir et…

Bruno fut interrompu par le cri strident que poussa sa sœur. Un cri qui réveilla Mère de sa sieste et la précipita dans la chambre pour voir lequel de ses deux enfants avait assassiné l'autre.

En faisant des essais de coiffure, Gretel avait trouvé un tout petit œuf, pas plus gros qu'une tête d'épingle. Elle le montra à Mère, qui examina aussitôt ses cheveux, écartant rapidement les mèches une par une, avant de se ruer sur Bruno pour faire de même.

– Je ne peux pas le croire ! s'exclama Mère, en colère. C'était couru d'avance dans un endroit pareil.

Il s'avéra que Gretel et Bruno avaient tous deux des poux. Ceux de Gretel furent traités grâce à un shampoing spécifique qui sentait horriblement mauvais et la faisait sangloter pendant des heures, seule dans sa chambre.

Bruno subit également le shampoing, mais Père décida ensuite que le mieux était de prendre un nouveau départ, et lui rasa la tête, ce qui le fit pleurer. Ce fut terminé en quelques minutes, et il détesta voir ses cheveux quitter sa tête pour atterrir à ses pieds en voltigeant, mais Père fut intransigeant sur la question.

Ensuite, lorsque Bruno se regarda dans la glace, il eut la nausée. Sa tête paraissait toute difforme maintenant qu'il était chauve et ses yeux semblaient trop grands pour elle. Son reflet lui fit presque peur.

– Ne t'inquiète pas, le rassura Père, ils vont repousser. C'est l'affaire de quelques semaines.

– C'est à cause de toute cette saleté qui nous entoure, dit Mère. Si certaines personnes voulaient bien voir les effets que cet endroit a sur nous tous.

Devant le miroir, Bruno ne put s'empêcher de penser qu'il ressemblait étrangement à Shmuel. Et il se demanda si tous les gens de l'autre côté de la barrière avaient des poux et si c'était pour cette raison qu'ils avaient la tête rasée comme lui.

Le lendemain, quand ils se retrouvèrent, Shmuel éclata de rire en voyant son ami, ce qui ne fit rien pour restaurer la confiance de Bruno.

– Je suis comme toi maintenant, dit Bruno d'un air triste, comme si c'était une terrible vérité.

– En plus gros, reconnut Shmuel.

CHAPITRE 17

MÈRE OBTIENT CE QU'ELLE VEUT

Au fil des semaines qui suivirent, Mère fut de plus en plus malheureuse à Hoche-Vite, et Bruno comprenait parfaitement pourquoi. À leur arrivée, il avait détesté cette nouvelle vie, qui ne ressemblait en rien à celle de Berlin et où ses trois meilleurs amis pour la vie lui manquaient. Mais, avec le temps, les choses avaient changé pour Bruno, surtout grâce à Shmuel, qui avait pris bien plus d'importance pour lui que Karl, Daniel ou Martin n'en n'avaient jamais eu. Mère, elle, n'avait pas de Shmuel, pas d'ami à qui parler, et la seule personne avec qui elle avait vaguement sympathisé (le jeune lieutenant Kotler) avait été mutée ailleurs.

Bien qu'il s'efforçât de ne pas faire partie de ceux qui passaient leur temps à écouter aux portes et par les conduits de cheminée, Bruno surprit un jour une énième discussion entre Père et Mère, alors qu'il passait devant le bureau de Père. Son intention n'avait pas été d'espionner, mais ses parents parlaient fort et il ne put faire autrement que de les entendre.

– C'est horrible, disait Mère. Absolument horrible. Je ne peux plus le supporter.

– Nous n'avons pas le choix, disait Père. C'est notre poste et...

– Non, c'est ton poste, disait Mère. Ton poste, pas le nôtre. Reste si tu veux.

– Et que vont penser les gens si je vous autorise à rentrer à Berlin sans moi, toi et les enfants ? demandait Père. Ils se poseront des questions sur mon engagement vis-à-vis de mon travail.

– Travail ? criait Mère. Tu appelles cela un travail ?

Bruno n'en entendit guère plus car les voix se rapprochaient de la porte et Mère pouvait sortir à tout moment pour aller prendre un xérès médicinal. En conséquence, il préféra remonter prestement dans sa chambre. Il n'en demeurait pas moins qu'il en avait assez entendu pour savoir qu'il était possible qu'il rentrât à Berlin. Et, à sa surprise, il ne sut quoi en penser.

D'un côté, il se souvenait avoir adoré sa vie d'autrefois, mais les choses avaient sans doute évolué. Karl et ses deux autres meilleurs amis dont les noms lui échappaient l'avaient probablement oublié. Grand-mère était morte et les nouvelles de Grand-père se faisaient très rares. Père disait qu'il était devenu sénile.

D'un autre côté, il s'était habitué à sa vie à Hoche-Vite : il s'était fait à M. Liszt ; il était devenu bien plus proche de Maria qu'il ne l'avait jamais été à Berlin ; Gretel traversait toujours une phase et continuait de l'éviter (et n'était plus le cas désespéré qu'elle avait été), et ses conversations de l'après-midi avec Shmuel le remplissaient de bonheur.

Ne sachant ce qu'il préférait, Bruno décida que, quelle que fût l'issue, il l'accepterait.

Rien ne changea les semaines suivantes, le quotidien poursuivit son cours normal. Père passait le plus clair de son temps dans son bureau ou de l'autre côté de la barrière. Mère ne parlait pas beaucoup dans la journée et faisait un nombre de siestes incroyable, parfois même avant le déjeuner, et Bruno s'inquiétait de sa santé car il ne connaissait personne qui eût autant besoin de xérès médicinal. Gretel restait dans sa chambre et se concentrait sur les cartes qu'elle avait accrochées au mur ou parcourait les journaux avant de déplacer ses épingles (ce dont M. Liszt la félicitait grandement).

Bruno faisait exactement ce qu'on attendait de lui, se tenait à carreau et goûtait les joies d'avoir un ami secret dont personne ne connaissait l'existence.

Puis, un jour, Père convoqua Bruno et Gretel dans son bureau pour les informer des bouleversements à venir.

– Asseyez-vous, les enfants, dit-il en leur indiquant les deux énormes fauteuils en cuir sur lesquels ils n'avaient pas le droit de s'asseoir quand l'occasion se présentait de rendre visite à Père, à cause de leurs sales pattes. (Père s'assit derrière son bureau.) Nous avons décidé de certains changements, reprit-il d'un air triste. Dites-moi une chose : êtes-vous heureux ici ?

– Oui, bien sûr, Père, répondit Gretel.

– Absolument, Père, confirma Bruno.

– Berlin ne vous manque pas ?

Les enfants restèrent silencieux quelques secondes et se regardèrent, se demandant lequel des deux se déciderait à parler le premier.

– Berlin me manque terriblement, dit enfin Gretel. Je ne serais pas contre l'idée d'avoir de nouveau des amies.

Bruno sourit en pensant à son secret.

– Des amies, répéta Père en hochant la tête. Oui, j'y ai souvent pensé. Tu as dû te sentir bien seule.

– Très seule, dit Gretel d'une voix ferme.

– Et toi, Bruno, s'enquit Père, en se tournant vers lui, tes amis te manquent-ils ?

– Oui, répondit-il, en pesant soigneusement sa réponse. Mais je crois qu'ils me manqueraient où que j'aille.

C'était une référence indirecte à Shmuel, mais il ne tenait pas à être plus explicite.

– Mais aimerais-tu revenir à Berlin ? Si l'occasion se présentait ?

– Avec toute la famille ?

Père poussa un profond soupir et secoua la tête.

– Mère, Gretel et toi. Dans notre maison d'autrefois à Berlin. Cela te plairait ?

Bruno réfléchit.

– Cela ne me plairait pas si vous n'étiez pas avec nous, dit-il, car c'était le fond de sa pensée.

– Alors, tu préférerais rester ici avec moi ?

– Je préférerais que nous restions tous les quatre ensemble, expliqua-t-il, incluant avec réticence Gretel dans le lot. Que ce soit à Berlin ou à Hoche-Vite.

– Oh, Bruno ! s'exclama Gretel, exaspérée.

Il ne sut si son irritation venait du fait qu'il risquait de compromettre ses plans de retour ou du fait qu'il persistait à déformer, selon elle, le nom de leur maison.

– Je crains que pour l'instant ce ne soit pas possible, dit Père. Le Fourreur ne me relèvera pas de mon commandement. D'un autre côté, votre mère pense que ce serait le moment que vous rentriez tous les trois à Berlin et rouvriez la maison. Et quand j'y réfléchis… (Il s'interrompit pour regarder par la fenêtre de gauche, celle qui donnait sur le camp de l'autre côté de la barrière.) Quand j'y réfléchis, je me demande si elle n'a pas raison. Hoche-Vite n'est peut-être pas un endroit pour les enfants.

– Il y a des centaines d'enfants ici, lança Bruno sans réfléchir. Mais de l'autre côté de la barrière.

Le silence qui suivit sa remarque n'était pas un silence normal, comme lorsque tout le monde se tait. C'était un silence tonitruant. Père et Gretel le dévisagèrent et il cligna des yeux sous l'effet de la surprise.

– Qu'est-ce que tu entends par « il y a des centaines d'enfants de l'autre côté » ? demanda Père. Que sais-tu de ce qui se passe là-bas ?

Bruno ouvrit la bouche pour répondre, mais craignit de s'attirer des ennuis s'il en disait trop.

– Je les vois de la fenêtre de ma chambre, se décida-t-il finalement. Ils sont loin, bien sûr. Mais j'ai l'impression qu'ils sont des centaines, tous en pyjama rayé.

– En pyjama rayé, oui, acquiesça Père. Et tu les as regardés, n'est-ce pas ?

– Je les ai vus. Je ne suis pas sûr que ce soit la même chose.

Père sourit.

– Bien joué, Bruno. Et tu as raison, ce n'est pas tout à fait la même chose. (Il hésita à nouveau, puis hocha la tête, comme si son choix était fait.) Non, c'est elle qui a raison, reprit-il tout haut, mais sans les regarder. Elle a absolument raison. Vous êtes restés suffisamment longtemps ici. Il est temps que vous rentriez à la maison.

Et c'est ainsi que ce fut décidé. Père fit prévenir de nettoyer la maison, de faire les carreaux, de cirer la rampe, de repasser les draps, de faire les lits, et annonça l'arrivée de Mère, Gretel et Bruno dans la semaine.

Curieusement, Bruno n'avait pas aussi hâte de partir qu'il l'aurait cru, et redoutait d'annoncer la nouvelle à Shmuel.

Chapitre 18

Le plan de la dernière aventure

Le lendemain du jour où Père avait annoncé à Bruno qu'il rentrerait bientôt à Berlin, Shmuel ne se montra pas à la barrière. Ni le surlendemain. Au troisième jour, Bruno ne trouva personne assis en tailleur en arrivant et attendit dix minutes. Il était sur le point de repartir, affreusement inquiet à l'idée de quitter Hoche-Vite sans avoir revu son ami, quand un point au loin devint une tache, qui devint une forme, qui devint une silhouette, qui devint à son tour le garçon en pyjama rayé.

Le visage de Bruno se fendit d'un large sourire en voyant la silhouette avancer vers lui. Il s'assit par terre et sortit de sa poche le pain et la pomme qu'il avait subtilisés pour Shmuel. Mais, de loin, il put constater que son ami paraissait encore plus malheureux que d'habitude et, quand il atteignit la barrière, il se précipita sur la nourriture avec moins d'impatience.

– J'ai cru que tu ne viendrais plus, dit Bruno. Je suis venu hier et avant-hier, mais tu n'étais pas là.

– Excuse-moi. Il m'est arrivé quelque chose.

Bruno le regarda et plissa les yeux, s'efforçant de deviner quoi. Il se demanda si Shmuel avait appris qu'il rentrait chez lui aussi. Après tout, des coïncidences de ce genre se produisaient. Ils étaient bien nés le même jour.

– Qu'est-ce qui s'est passé ? demanda Bruno.

– Papa est introuvable, répondit Shmuel.

– Introuvable ? C'est très bizarre. Tu penses qu'il s'est perdu ?

– C'est possible. Lundi, il est parti travailler avec d'autres hommes, mais aucun n'est revenu.

– Et il ne t'a pas écrit une lettre ? demanda Bruno. Ou laissé un mot pour te prévenir quand il rentrait ?

– Non.

– Comme c'est curieux, dit Bruno. Tu l'as cherché ? demanda-t-il après quelques secondes.

– Bien sûr, je l'ai cherché, répondit Shmuel, en soupirant. J'ai fait ce dont tu parles toujours. J'ai exploré.

– Et pas de trace ?

– Aucune.

– C'est très étrange, admit Bruno. Mais je crois qu'il y a une explication simple.

– Laquelle ?

– Je pense qu'ils sont allés travailler dans une autre ville où ils doivent rester quelques jours, le temps de finir ce qu'ils ont à faire. Et comme la poste ne marche pas très bien ici... Je suis certain qu'il réapparaîtra bientôt.

– J'espère, renchérit Shmuel qui semblait sur le point de pleurer. Je ne sais pas quoi faire sans lui.

– Je pourrais demander à Père si tu veux, suggéra prudemment Bruno, en espérant que Shmuel refuserait.

– Je ne pense pas que ce soit une bonne idée, répondit Shmuel.

Une réponse qui, à la déception de Bruno, ne constituait pas un rejet net de sa proposition.

– Et pourquoi ? Père en sait beaucoup sur la vie de ton côté de la barrière.

– Je ne pense pas que les soldats nous aiment, expliqua Shmuel. Enfin, ajouta-t-il avec un rire triste, j'en suis certain. Ils nous haïssent.

Bruno recula sous l'effet de la surprise.

– Je suis sûr qu'ils ne vous haïssent pas.

– Ils nous haïssent, dit Shmuel, en se penchant en avant, les yeux plissés et la bouche déformée par la colère. Mais c'est parfait, parce que je le leur rends bien. Je les hais, affirma-t-il vigoureusement.

– Pas Père, n'est-ce pas ?

Shmuel se mordit la lèvre et ne répondit rien. Il avait eu maintes fois l'occasion de croiser le père de Bruno et ne comprenait pas comment un homme pareil pouvait avoir un fils aussi aimable et gentil.

– Bref, reprit Bruno après un silence approprié, se refusant à approfondir le sujet. J'ai quelque chose à t'annoncer aussi.

– Ah, bon ? demanda Shmuel, en levant des yeux pleins d'espoir.

– Oui. Je rentre à Berlin.

Shmuel ouvrit la bouche sous l'effet de la surprise.

– Quand ? fit-il, d'une voix légèrement enrouée.

– Nous sommes jeudi, répondit Bruno. Nous partons samedi, après le déjeuner.

– Mais pour combien de temps ?

– Pour toujours, je crois. Mère n'aime pas Hoche-Vite. Elle pense que ce n'est pas un endroit pour élever des enfants. Alors Père reste travailler parce que le Fourreur a de grands projets pour lui, mais le reste de la famille rentre à la maison.

Il avait dit « maison », bien qu'il ne sût plus très bien où se trouvait la sienne.

– Alors je ne te reverrai plus ?

– Si, un jour. Tu pourrais venir en vacances à Berlin. Tu ne vas pas rester ici éternellement. N'est-ce pas ?

Shmuel secoua la tête.

– Sans doute pas, dit-il tristement. Je n'aurai plus personne à qui parler quand tu seras parti.

– Non. (Bruno aurait bien ajouté « tu me manqueras aussi, Shmuel », mais eut peur d'être gêné.) Demain sera donc notre dernière fois. Il faudra nous dire au revoir. J'essaierai de t'apporter quelque chose de spécial.

Shmuel hocha la tête, mais ne sut exprimer sa tristesse.

– J'aurais bien aimé jouer avec toi, lança Bruno après un long silence. Juste une fois. Pour le souvenir.

– Moi aussi, renchérit Shmuel.

– Nous nous parlons depuis plus d'un an mais nous n'avons jamais pu jouer ensemble. Et tu sais quoi encore ? ajouta Bruno. Je regarde l'endroit où tu vis de ma fenêtre depuis tout ce temps et je ne suis toujours pas allé voir à quoi cela ressemblait.

– Tu n'aimerais pas. Ta maison est bien mieux.

– Il n'empêche que j'aurais bien voulu voir.

Shmuel réfléchit quelques secondes, puis il glissa la main sous la clôture et la souleva un peu, assez haut pour qu'un petit garçon, du gabarit de Bruno, pût se glisser dessous.

– Alors pourquoi tu ne le fais pas ? suggéra Shmuel.

Bruno cligna des yeux et pesa la question.

– Je ne pense pas en avoir le droit, dit-il d'un air dubitatif.

– Tu n'as sans doute pas le droit non plus de venir ici tous les jours me parler. Et pourtant, tu le fais.

– Mais si je me fais prendre, j'aurai des ennuis, répondit Bruno, certain de la désapprobation de Père et Mère.

– C'est vrai, reconnut Shmuel en remettant le grillage en place, puis il fixa le sol, les yeux remplis de larmes. Alors, voyons-nous demain pour nous faire nos adieux.

Ils n'ajoutèrent plus rien pendant quelques secondes. Puis Bruno eut un éclair de génie.

– À moins que... commença-t-il, en réfléchissant au problème jusqu'à ce qu'un plan se dessine. (Il toucha sa tête à l'endroit où ses cheveux, faute d'avoir complètement repoussé, ne formaient encore qu'un duvet.) Tu te rappelles quand on s'est dit que je te ressemblais avec ma tête rasée ? demanda-t-il.

– En plus gros, admit Shmuel.

– Si c'est vrai, et si j'ai un pyjama rayé, je pourrai te rejoindre et personne n'y verra que du feu.

Le visage de Shmuel s'éclaira d'un immense sourire.

– Tu crois ? Tu le ferais ?

– Bien sûr, répondit Bruno. Ce sera une grande aventure. Notre dernière aventure. Je pourrai enfin explorer un peu.

– Et m'aider à chercher Papa, dit Shmuel.

– Pourquoi pas ? Nous ferons un grand tour pour voir si nous trouvons des indices. C'est ce qu'il convient de faire lorsqu'on s'adonne à l'exploration. Le seul problème, c'est le pyjama rayé.

Shmuel secoua la tête.

– Ne t'en fais pas. Je connais le baraquement où ils

sont entreposés. J'en prendrai un de ma taille et je te l'apporterai. Comme cela, tu pourras te changer et nous partirons à la recherche de Papa.

– Fantastique, s'exclama Bruno, porté par l'enthousiasme du moment. Nous avons un plan !

– Rendez-vous demain à la même heure.

– Ne sois pas en retard cette fois, dit Bruno en se relevant et en époussetant ses habits. Et n'oublie pas le pyjama rayé.

Les deux garçons rentrèrent chez eux de bonne humeur ce jour-là. Bruno voyait se dessiner les contours d'une grande aventure et l'occasion de savoir enfin ce qui se passait de l'autre côté de la barrière avant de rentrer à Berlin (sans parler de la perspective d'une exploration dans les règles de l'art). Quant à Shmuel, il tenait la chance d'avoir quelqu'un pour l'aider à chercher son père. C'était, somme toute, un plan très sensé et un excellent moyen de se dire au revoir.

CHAPITRE 19

CE QUI ARRIVA LE LENDEMAIN

Le lendemain, vendredi, était encore un jour pluvieux. À son réveil, en regardant par la fenêtre, Bruno fut déçu de constater qu'il pleuvait fort. Si ce n'avait été sa dernière chance de passer du temps avec Shmuel, sans oublier l'occasion de vivre une aventure qui promettait d'être particulièrement excitante, d'autant qu'elle impliquait de se déguiser, Bruno aurait abandonné le projet et l'aurait repoussé à un après-midi de la semaine suivante, à un moment où il n'aurait rien prévu.

Quoi qu'il en soit, les aiguilles de l'horloge tournaient et il ne pouvait rien y faire. De plus, ce n'était encore que le matin : toutes sortes de choses pouvaient survenir d'ici la fin d'après-midi et, au moment où les deux garçons se retrouvaient toujours, la pluie aurait sûrement cessé de tomber.

Bruno regarda par la fenêtre pendant le cours matinal de M. Liszt, mais la pluie ne faisait pas mine de diminuer et cinglait même les carreaux. Il regarda par la fenêtre de la cuisine pendant le déjeuner et constata que le temps s'éclaircissait et qu'un pâle rayon de soleil tentait de percer derrière un nuage noir. Il regarda par la fenêtre pendant la leçon d'histoire et de géographie de l'après-midi et vit que la pluie redoublait, menaçant de briser les vitres et de pénétrer dans la maison.

Elle finit heureusement par cesser à peu près au moment où M. Liszt rentra chez lui. Alors, Bruno enfila ses bottes et son gros imperméable, attendit que la voie fût libre et quitta la maison.

Les bottes de Bruno faisaient des bruits de succion dans la boue et il prit plus de plaisir encore à sa promenade. À chaque pas, il manquait de trébucher et de tomber par terre, mais réussit cependant à garder l'équilibre, même lorsque sa botte resta collée dans la boue et que son pied glissa à l'extérieur.

Bruno regarda le ciel et, bien qu'il restât plombé, il songea que la journée avait fait le plein de pluie et qu'en conséquence, il ne risquait plus grand-chose de ce côté-là. Bien sûr, plus tard, quand il rentrerait, il aurait du mal à expliquer pourquoi il était tout crotté. Mais il invoquerait le fait d'être un garçon, ce dont Mère passait son temps à se plaindre, et ne s'exposerait sans doute pas à trop d'ennuis. (D'autant que Mère était particulièrement heureuse ces derniers jours de voir les caisses qui contenaient leurs affaires toutes fermées et chargées dans un camion qui les emportait à Berlin.)

Lorsqu'il arriva à leur point de rendez-vous, Shmuel l'attendait et, pour la toute première fois, il n'était pas assis par terre en tailleur, fixant la poussière au sol, mais debout, appuyé contre la barrière.

– Bonjour, Bruno, lança-t-il en apercevant son ami.

– Bonjour, Shmuel, répondit Bruno.

– Je n'étais pas certain que nous nous reverrions. À cause de la pluie, je veux dire. J'ai pensé que tu aurais peut-être été obligé de rester à la maison.

– Il s'en est fallu de peu. Le temps était tellement mauvais.

Shmuel hocha la tête et montra à son ami, bouche bée de plaisir, ce qu'il lui avait apporté. Il avait en main un bas et un haut de pyjama rayé, et un calot assorti, exactement semblables aux siens. L'ensemble n'avait pas l'air franchement propre, mais c'était un déguisement, et Bruno était le premier à savoir qu'un explorateur doit porter la tenue adéquate.

– Tu es toujours d'accord pour m'aider à retrouver Papa ? demanda Shmuel.

Bruno hocha vivement la tête.

– Bien sûr, répondit-il, bien que trouver le père de Shmuel fût moins important pour lui que l'exploration du monde de l'autre côté de la barrière. Je ne te laisserai pas tomber, ajouta-t-il.

Shmuel souleva le grillage par le bas et glissa la tenue dessous, en faisant bien attention de ne pas effleurer la boue.

– Merci, dit Bruno en grattant son crâne déplumé et en se maudissant de ne pas avoir pensé à prendre un sac pour y ranger ses habits.

C'était tellement sale par terre qu'il allait forcément les souiller. Pourtant il n'avait pas le choix : soit il les abandonnait sur place pour les reprendre plus tard et acceptait qu'ils fussent couverts de boue ; soit il annulait l'expédition et, pour tout explorateur qui se respectait, c'était hors de question.

– Retourne-toi, dit Bruno en pointant le doigt vers

son ami, qui se tenait maladroitement près de la barrière. Je ne veux pas que tu me regardes.

Shmuel obéit et Bruno retira son imperméable et le posa par terre le plus délicatement possible. Puis il retira sa chemise et grelotta dans l'air froid quelques secondes, avant d'enfiler le haut de pyjama, en faisant l'erreur de respirer au moment de le glisser sur sa tête. Il ne sentait pas bon.

– Quand a-t-il été lavé ? demanda-t-il.

Shmuel tourna la tête.

– Je pense qu'il ne l'a jamais été.

– Retourne-toi ! cria Bruno et Shmuel s'exécuta.

Bruno jeta un coup d'œil à droite et à gauche : il ne vit personne. Il entreprit alors de retirer son pantalon en gardant un pied et une botte par terre, ce qui n'était pas chose facile. Il ressentit une drôle d'impression à se dévêtir en plein air et fut incapable d'imaginer ce que les gens penseraient s'ils le voyaient. Finalement, et après beaucoup d'efforts, il arriva au bout de sa tâche.

– Voilà, dit-il. Tu peux te retourner maintenant.

Shmuel fit demi-tour au moment précis où Bruno appliquait la dernière touche à son costume, en enfilant le calot. Shmuel cligna des yeux et secoua la tête. C'était vraiment extraordinaire. En faisant abstraction du fait que Bruno n'était pas aussi maigre que les garçons de son côté de la barrière, loin de là, ni aussi pâle non plus, il aurait été difficile de les distinguer. Shmuel songea qu'ils étaient presque pareils.

– Tu sais ce que cela me rappelle ? demanda Bruno.

Shmuel fit non de la tête :

– Quoi ?

– Cela me rappelle ma grand-mère. Tu te souviens ? Je t'en ai parlé. Celle qui est morte.

Shmuel hocha la tête. Il s'en souvenait parfaitement car Bruno n'avait cessé de l'évoquer tout au long de l'année et de lui dire combien il l'avait aimée, et regrettait de ne pas avoir pris le temps de lui écrire plus souvent.

– Cela me rappelle les pièces qu'elle montait avec Gretel et moi, dit-il, en se détournant au souvenir de ces jours révolus, qui faisait partie des rares images de Berlin à ne pas s'être estompées. Cela me rappelle qu'elle trouvait toujours le bon costume pour moi. « Avec un bon costume, tu entres dans ton rôle », me disait-elle toujours. C'est sans doute ce que je suis en train de faire, non ? Je joue à être quelqu'un de ton côté de la barrière.

– Un Juif, dit Shmuel.

– Oui, acquiesça Bruno, en se balançant d'un pied sur l'autre, mal à l'aise. C'est cela.

Shmuel montra du doigt les pieds de Bruno, chaussés des grosses bottes qu'il avait prises à la maison.

– Il faut que tu les enlèves.

Bruno fut consterné.

– Mais la boue... Tu ne veux quand même pas que je marche pieds nus.

– Sinon tu seras reconnu, dit Shmuel. Tu n'as pas le choix.

Bruno soupira, mais il savait que son ami avait raison. Il retira ses bottes et ses chaussettes et les laissa par terre à côté de la pile de vêtements. Au début, marcher dans une boue aussi infâme fut très désagréable. Ses pieds s'enfonçaient jusqu'aux chevilles et chaque fois qu'il les levait, c'était encore pire. Mais bientôt, il y prit plaisir.

Shmuel saisit le bas de la clôture et la souleva, sans pouvoir excéder une certaine hauteur. Bruno n'eut d'autre solution que de rouler dessous, maculant de boue son pyjama rayé. Il rit en se voyant. Il n'avait jamais été aussi sale de sa vie et trouvait cela merveilleux.

Shmuel sourit et les deux garçons restèrent gauchement côte à côte quelques secondes, car ils n'étaient pas habitués à être du même côté de la barrière.

Bruno fut pris d'une envie de serrer Shmuel dans ses bras pour qu'il sût qu'il l'aimait et avait apprécié leurs conversations tout au long de l'année écoulée.

Shmuel aussi en eut envie, pour remercier Bruno de sa gentillesse, de ses cadeaux et de la nourriture, et aussi de l'aider à retrouver son père.

Mais aucun ne serra l'autre dans ses bras. Au lieu de cela, ils s'éloignèrent de la barrière et commencèrent à se rapprocher du camp, un trajet que Shmuel avait fait pratiquement tous les jours depuis un an, une fois qu'il avait déjoué la surveillance des soldats et s'était débrouillé pour se rendre dans le seul endroit de Hoche-Vite à ne pas être gardé tout le temps. Un endroit où il avait eu la chance de rencontrer un ami tel que Bruno.

Il ne leur fallut pas bien longtemps pour atteindre leur but. Bruno ouvrit des yeux étonnés devant le spectacle qui s'offrait à lui. Dans son imagination, les baraquements étaient remplis de familles joyeuses, dont certains membres s'asseyaient dehors le soir dans des rocking-chairs et se racontaient des histoires du bon vieux temps, à l'époque où ils étaient enfants et respectaient leurs aînés, à la différence des enfants d'aujourd'hui. Bruno avait cru que les garçons et les filles qui vivaient là formaient des bandes, certains disputant un match de tennis ou de football, d'autres jouant à la marelle.

Il avait cru que, dans le centre, il y aurait un magasin, et peut-être un petit café comme ceux qu'il avait connus à Berlin. Et il s'était même demandé s'il n'y aurait pas un marchand de fruits et légumes.

Et il s'avéra qu'aucune des choses qu'il avait pensé trouver là n'y était.

Aucune grande personne assise dans un rocking-chair sous sa véranda.

Pas d'enfant en train de jouer.

Et non seulement pas de marchand de fruits et légumes, mais pas de café comme ceux de Berlin non plus.

À la place, il y avait des masses de gens assis par terre, fixant le sol, d'un air affreusement triste. Tous avaient trois choses en commun : ils étaient terriblement maigres, avaient les yeux enfoncés et la tête rasée. « Ce qui signifie qu'il y a eu, ici aussi, une invasion de poux », songea Bruno.

Dans un coin, il aperçut trois soldats qui criaient sur un groupe d'environ vingt hommes dont ils étaient probablement responsables et, parmi les hommes, certains étaient tombés à genoux et restaient immobiles, la tête entre les mains.

Plus loin, il vit d'autres soldats qui riaient en pointant leurs armes au hasard dans toutes les directions, sans tirer.

En fait, partout où il posait les yeux, il constatait qu'il y avait deux types d'individus radicalement différents. D'un côté les soldats joyeux en uniforme qui riaient et criaient, de l'autre les gens en pyjama rayé qui pleuraient, et dont la plupart regardaient dans le vague comme s'ils étaient endormis.

– Je n'aime pas cet endroit, dit Bruno au bout d'un moment.

– Moi non plus, renchérit Shmuel.

– Je crois que je devrais rentrer.

Shmuel s'arrêta et fixa Bruno.

– Mais papa... Tu m'as dit que tu m'aiderais à le retrouver.

Bruno réfléchit à la question. Il avait donné sa parole à son ami et n'était pas du genre à revenir sur une promesse, d'autant plus que c'était la dernière fois qu'ils se voyaient.

– D'accord, répondit-il, bien qu'il se sentît moins sûr de lui qu'auparavant. Mais par où commencer ?

– Tu as dit qu'il fallait trouver des indices, lui rappela Shmuel, contrarié, car si Bruno ne l'aidait pas, qui le ferait ?

– Des indices, bien sûr, approuva Bruno, en hochant la tête. Tu as raison. Allons-y.

Ainsi, Bruno tint parole et les deux garçons passèrent une heure et demie à faire la chasse aux indices dans tout le camp. Ils ne savaient pas exactement après quoi ils couraient, mais Bruno ne cessait d'affirmer qu'un bon explorateur ne sait ce qu'il cherche qu'une fois qu'il l'a trouvé.

Seulement, ils ne dénichèrent pas la moindre piste sur la disparition du père de Shmuel, et le ciel devenait de plus en plus sombre.

Bruno leva les yeux et constata qu'il menaçait de pleuvoir.

– Je suis désolé, Shmuel, finit-il par dire. Je suis désolé de ne pas avoir trouvé d'indice.

Shmuel hocha la tête d'un air triste. Il n'était pas vraiment surpris. Il s'en doutait de toute façon. Mais il avait apprécié que son ami fût venu voir où il vivait.

– Je crois que je ferais mieux de rentrer maintenant, dit Bruno. Tu me raccompagnes à la barrière ?

Shmuel allait répondre mais, au même moment, un coup de sifflet assourdissant retentit et dix soldats (plus que Bruno n'en avait jamais vu réunis au même endroit) encerclèrent la zone du camp dans laquelle Bruno et Shmuel se trouvaient.

– Que se passe-t-il ? chuchota Bruno. C'est quoi ?

– Cela arrive parfois, dit Shmuel. Ils demandent aux gens de marcher.

– Marcher ! s'écria Bruno, atterré. Je ne peux pas marcher. Je dois rentrer à la maison pour le dîner. Il y a du rôti de bœuf.

– Chut ! lui intima Shmuel en posant un doigt sur sa bouche. Ne dis rien sinon ils vont se mettre en colère.

Bruno se rembrunit, mais fut soulagé de constater que tous les gens en pyjama rayé de cette partie du camp se rassemblaient, souvent poussés par les soldats. Si bien que Shmuel et lui se retrouvèrent cachés au milieu, invisibles. Bruno ne comprenait pas ce que tout le monde craignait tant. Ce n'était pas si terrible de marcher. Il avait envie de leur dire tout bas que tout irait bien, que Père était le commandant et que, s'il voulait que les gens marchent, il n'y avait sans doute rien de mal à cela.

Les sifflets retentirent à nouveau et, cette fois, le groupe, qui devait compter à peu près cent individus, s'ébranla lentement, Shmuel et Bruno toujours au milieu. Il y eut comme une perturbation à l'arrière, où des gens refusaient d'avancer, mais Bruno était trop petit pour voir de quoi il retournait. Il n'entendit que des bruits violents qui ressemblaient à des coups de feu.

– Cela va durer longtemps ? demanda-t-il, car il commençait à avoir faim.

– Je ne crois pas, dit Shmuel. Je n'ai jamais revu les

gens qui partaient marcher. À mon avis, ce ne sera pas long.

Bruno se renfrogna. Il leva les yeux vers le ciel et, au même moment, il entendit un bruit épouvantable. Cette fois, c'était le tonnerre qui grondait au-dessus de leur tête, très vite, le ciel s'assombrit davantage, devenant presque noir, et la pluie se mit à tomber bien plus fort que le matin. Bruno ferma les yeux et sentit l'eau couler sur lui. En les rouvrant, il ne marchait plus vraiment, il était emporté par la foule. Il ne sentait que la boue, collée par la pluie sur son pyjama et sa peau. Il était impatient de rentrer à la maison pour regarder tout cela de loin et ne plus y participer.

– Et voilà, dit-il à Shmuel. Je vais prendre froid à rester dehors. Il faut que je rentre.

Juste comme il prononçait ces mots, ses pieds le portèrent en haut d'une volée de marches. Et à mesure qu'il avançait, il s'aperçut que la pluie ne tombait plus sur lui et que tout le monde s'entassait dans une longue pièce, curieusement chaude, et sans doute très bien conçue car l'eau n'y pénétrait nulle part. Pour tout dire, elle semblait parfaitement hermétique.

– Une bonne chose, observa-t-il, heureux d'être à l'abri de l'orage, ne serait-ce que quelques minutes. Nous devons sans doute attendre ici que le temps s'arrange un peu et ensuite, il faudra que je rentre à la maison.

Shmuel se blottit contre Bruno et posa sur lui des yeux pleins d'effroi.

– Je suis désolé que nous n'ayons pas trouvé ton papa, confia Bruno.

– Cela ne fait rien.

– Et je suis désolé que nous n'ayons jamais vraiment

pu jouer ensemble mais, quand tu viendras à Berlin, on pourra. Et je te présenterai… (« Comment s'appelaient-ils déjà ? » se demanda-t-il, dépité, car ils étaient censés être ses trois meilleurs amis pour la vie. Et pourtant ils avaient tous disparu de sa mémoire. Il ne se rappelait plus aucun nom ni aucun visage.) En fait, reprit-il, cela n'a aucune importance que je te les présente ou non. Ce ne sont plus mes meilleurs amis.

Il regarda Shmuel et fit quelque chose qui ne lui ressemblait absolument pas. Il prit sa main minuscule dans la sienne et la serra très fort.

– Tu es mon meilleur ami, Shmuel, déclara-t-il. Mon meilleur ami pour la vie.

Il se peut que Shmuel ait ouvert la bouche pour lui répondre, mais Bruno ne l'entendit jamais. Car, au même moment, tous les marcheurs qui remplissaient la pièce retinrent bruyamment leur souffle en entendant la porte se refermer dans un bruit métallique énorme qui résonna de l'extérieur.

Bruno haussa un sourcil, il ne comprenait pas le sens de toutes ces manœuvres, mais il supposa qu'elles visaient à protéger les gens de la pluie et à les empêcher d'attraper froid.

Puis la pièce fut plongée dans le noir et, en dépit du chaos qui suivit, Bruno se surprit à garder la main de Shmuel dans la sienne, et rien au monde ne l'aurait convaincu de la lâcher.

CHAPITRE 20

LE DERNIER CHAPITRE

On n'entendit plus jamais parler de Bruno.

Des jours plus tard, après que les soldats eurent fouillé chaque recoin de la maison et furent allés montrer sa photo dans les villes et villages avoisinants, l'un d'entre eux découvrit la pile de vêtements et les bottes que Bruno avait abandonnées près de la barrière. Le soldat laissa les affaires où elles étaient, sans y toucher, et partit chercher le commandant, qui examina les parages, jetant un coup d'œil à droite et à gauche, comme l'avait fait Bruno, mais fut incapable de comprendre ce qui était arrivé à son fils. C'était comme s'il avait disparu de la surface de la terre, en laissant ses habits derrière lui.

Mère ne retourna pas à Berlin aussi vite qu'elle l'avait espéré. Elle resta plusieurs mois à Hoche-Vite dans l'attente de nouvelles de Bruno jusqu'à ce qu'un jour, soudainement, elle songeât qu'il était peut-être rentré tout seul chez eux. Elle retourna aussitôt dans son ancienne maison, se berçant de l'illusion qu'il l'y attendait, assis sur le seuil.

Il n'y était pas, bien sûr.

Gretel rentra à Berlin avec Mère et passa beaucoup de

temps seule dans sa chambre à pleurer. Non en raison de ses poupées qu'elle avait jetées, ni des cartes qu'elle avait laissées à Hoche-Vite, mais parce que Bruno lui manquait trop.

Père resta une année supplémentaire à Hoche-Vite et se fit détester des autres soldats qu'il accablait d'ordres. Il se levait et se couchait chaque jour en pensant à Bruno. Un jour, il échafauda une théorie sur la disparition de son fils et revint près de la barrière à l'endroit où la pile de vêtements avait été découverte l'année précédente.

L'endroit n'avait rien de particulier, ou de différent, mais cette fois Père se livra à une petite exploration personnelle et découvrit que le bas de la clôture était mal fixé au sol à cet emplacement. En la soulevant, on dégageait un espace suffisant pour qu'un individu de petite taille (tel qu'un petit garçon) pût se faufiler dessous. Père regarda au loin et suivit la logique qui en découlait, pas à pas. Et ce faisant, il sentit que ses jambes ne fonctionnaient plus normalement, comme si elles ne le portaient plus. Il se retrouva assis par terre, pratiquement dans la même position que celle de Bruno tous les après-midi pendant un an, à la différence qu'il n'avait pas les jambes croisées.

Quelques mois après, d'autres soldats se rendirent à Hoche-Vite et ordonnèrent à Père de les suivre. Il s'exécuta sans rechigner et en fut même heureux, car plus rien de ce qu'ils pourraient lui faire n'avait d'importance.

Et c'est ainsi que se termine l'histoire de Bruno et de sa famille. Tout cela s'est passé il y a fort longtemps, bien sûr, et rien de semblable ne pourrait plus jamais arriver.

Pas de nos jours.

TABLE DES MATIÈRES

John Boyne

L'auteur

JOHN BOYNE est né à Dublin en 1971. Il a étudié la littérature anglaise et l'écriture. Il écrit d'abord des nouvelles, dont soixante-dix sont publiées. En 2006 paraît son premier roman pour la jeunesse : *Le Garçon en pyjama rayé* (Gallimard Jeunesse). Ce texte bouleversant, internationalement salué et récompensé par de nombreux prix, s'est vendu dans le monde entier à plus de cinq millions d'exemplaires. Il a brillamment été adapté au cinéma par le réalisateur Mark Herman en 2008, avec une distribution prestigieuse. Ses livres pour les adultes comme pour les plus jeunes sont traduits dans quarante-cinq langues.

Si l'histoire de Bruno et de Shmuel est née de l'imagination de l'auteur, cette fable s'inscrit dans le contexte historique réel et tragique du génocide organisé par Hitler et les nazis pendant la Seconde Guerre mondiale (1939-1945). Durant cette période, près de six millions de Juifs furent assassinés, déportés en camp de concentration ou asphyxiés dans les chambres à gaz des camps d'extermination, comme celui d'Auschwitz.

Du même auteur chez Gallimard Jeunesse

Le Garçon au sommet de la montagne

Noé Nectar et son voyage étrange

Barnabé ou la vie en l'air

Mon père est parti à la guerre

Mise en pages : Maryline Gatepaille

Loi n° 49-956 du 16 juillet 1949
sur les publications destinées à la jeunesse

ISBN 978-2-07-062397-6
Numéro d'édition : 343690
Numéro d'impression : 148397
Premier dépôt légal : septembre 2009
Dépôt légal : juillet 2018

Achevé d'imprimer en France par CPI